眉读文化

眉凌文化
出品

云南城市散文集

时代出版传媒股份有限公司
北京时代华文书局

图书在版编目（CIP）数据

云南城市散文集 / 武眉凌著 . -- 北京 : 北京时代华文书局 , 2016.1
ISBN 978-7-5699-0776-6

Ⅰ . ①云… Ⅱ . ①武… Ⅲ . ①散文集－中国－当代 Ⅳ . ① I267

中国版本图书馆 CIP 数据核字 (2016) 第 010819 号

云南城市散文集

著　　者 | 武眉凌（眉凌文化）

出 版 人 | 杨红卫
选题策划 | 王　水
责任编辑 | 王　水
责任校对 | 尚　蕾
装帧设计 | 新艺书　P-OPPY 设计
责任印制 | 刘　银　范玉洁

出版发行 | 时代出版传媒股份有限公司 http://www.press-mart.com
北京时代华文书局 http://www.bjsdsj.com.cn
北京市东城区安定门外大街 136 号皇城国际大厦 A 座 8 楼
邮编：100011　电话：010 - 64267955　64267677
印　　刷 | 北京顺诚彩色印刷有限公司　010 - 69499689
（如发现印装质量问题，请与印刷厂联系调换）
开　　本 | 710×1000mm　1/16
印　　张 | 17.5
字　　数 | 150 千字
版　　次 | 2016 年 3 月第 1 版　　2016 年 3 月第 1 次印刷
书　　号 | ISBN 978-7-5699-0776-6

定　　价 | 48. 00 元

目录

CONTENTS

001　序：云游四方　醉美天堂

003　大理，像唐诗一样生活的地方
020　丽江，古道上盛开的大观园
031　迪庆，高原上的感叹号
045　版纳，上帝铺在地上的“油画”
065　亦真亦幻说普洱
079　保山，在边城的记忆里拔节
093　澜沧江最乖的孩子——临沧
106　德宏，在流淌的翡翠上寻找爱情

123　怒江，悬挂在峡谷里的人间
140　玉溪，让生命充满遐想
154　文山，壮乡苗岭雪藏着稀世美景
173　红河，万水千山总是情
193　曲靖，每一处景色都让妙笔生花
211　乌蒙烟雨访昭通
230　楚雄，探询文明足迹的热土
243　绿透古宣的昆明

267　后　记

序：云游四方　醉美天堂

传说汉武帝梦见彩云在南边出现，即“彩云南现”，于是“云南”这个名字，就在云彩上诞生了。

这是一片永远美丽，也永远神秘的地方，不要以为它的面纱已被掀开，在彩云深处，还有很多的未知，很多的稀世美景。

云南被北回归线横穿而过，独特的气候滋养出瑰丽多姿的自然景观和人文景观，海拔的高差变化与纬度的南北分异复合叠加，造就了云南“一山分四季，十里不同天”的独特天象；独特的巨大的垂直变化地质构造，以及特殊的地理位置，使得云南几乎囊括了中华大地上从海南岛到黑龙江所有气候类型和景观类型：既有温润的热带雨林景致，又有雄浑的雪域异彩和旖旎的高山草原风光，还有北半球纬度最低的皑皑雪山冰川。从南到北，由东及西，一簇簇奇山星罗棋布，一幕幕秀水碧波荡漾。当楚雄的元谋猿人用颤巍巍的双脚离开山洞，用混沌的双眼看着美丽的彩云之南时，它不曾想到，约170万年后在它稍北的丽江，纳西先民用东巴文留住了文字的童年，也流传了它的故事；当梅里雪山在银色的世界里终年圣徒般虔诚诵经时，德宏正像一块流淌着的翡翠，在蓝天白云下，在印度洋暖风吹拂中，倾泻着春天般的永恒色彩；当大观楼长联穿越历史，在烟波浩渺的滇池上行吟徜徉，发悠古之情时，大理的崇圣寺三塔，正泼墨着南诏文化大理真言，绵延着皇家寺院曾经的恢弘、雄伟的气魄与不断的香火；当如诗如幻的“香格里拉”身披大氅让人迷离扑朔之际，神秘莫测的怒江峡谷又掀起新一轮的“风云”；当南方宝藏“喀斯特”将珍藏千年的普者黑、坝美、九乡捧给众生时，“爸爸去哪儿”不再是问题，“三七”花开等你来……从未见识过风景的雷同，景致更是一寸山川一寸景，一寸土地一寸情。

美哉！异彩纷呈的景致让人叹为观止！

这是一片记忆和畅想重叠的地方，这是一片放牧心情的场地。探哀牢秘境，赏三江并流，沐乌蒙山水，走茶马古道，跃丝绸之路，与傣族一起泼水，与彝族一起敬火，和壮族一起唱柏芽山歌……捉一朵摇曳花影，捧一捧乌蒙云雾，扯一片高山彩云，串起来就是这本书！

本书是我行走云南的心得，它记录了我对这块热土的眷恋，也分享着它给予我的恩宠，更承载着它历久弥新的生命。因为如此山川地貌，如此人文特色，注定了云南这片历经千年沧桑的土地总会以她卓然独立的自然环境、浓郁神秘的民俗风情散发出弥久愈盛的诱人气息。我也总会在每一个夜深人静的夜晚目眺南国，并默诵着，用月光写下：云游四方，醉美天堂！

大理，像唐诗一样生活的地方

云南在中国的边陲，大理在云南的边陲，虽在云南的边边角角，但从名字上来说，大理却是“云南”的出生地，因为在出现云南这个省份之前，边陲便有了一个叫“云南驿”的地方，那是大理的一个小镇，距大理坝子只有几十千米，早在汉武帝时，就幸得芳名，元代始建云南省，蒙古人把“云南”这个诗意的名字从小镇上采撷下来，戴到近40万平方千米的土地上，于是，中国出现了一个叫云南的省。云南目前是中国最古老的地名，已存2000多年历史，它也是现在唯一一个有故乡的省名，它的故乡就是大理。

其实大理不仅是奉献了名字，还把繁华拱手相送了。历史上统治这片土地时间最长，并把这片土地推向世界舞台的就是大理。那时中国是世界霸主，全世界的国家都来给它进贡，在它的眼皮底下，却有一个经常跟它说不的地方，叫“南诏国”，国都就是当今的大理古城及周边的巍山古镇，南诏国的面积鼎盛时达到120万平方千米，北到四川成都以南，南到今天泰国曼谷以北，东到广西桂林，西到缅甸曼德勒以北。可以说是当时东南亚第一大国，面积是当今云南省的3倍多，之后段家的大理国其面积也比当今的云南省面积大得多。

其实到大理千万别只看看苍山雪、洱海月、崇圣三塔，它的周边县市，也神秘美丽。悠悠古韵的巍山古城，香雾袅袅的鸡足山，被时间遗忘的沙溪，“小河淌水”的弥渡……

大理的山，撑起历史的天空

大理的山多，且都是文化名山。闻名遐迩的点苍山；享誉东南亚的佛教圣地鸡足山；历史上名不见经传的无量山，也被金庸小说里段王爷的“一阳指”点化成了悠远神秘的奇山……然而，到大理首先要看的却是——

巍宝山，晾晒着南诏国的奢华

外地人都喜欢谈论大理，大理人津津乐道的却是南诏，所以登山要先登巍宝山，那是南诏的发祥地。登山的同时，也读了历史，山下的巍山古城是原汁原味的，巍山小吃是远近闻名的，在南诏古乐里品着特色小吃爬山，是一次特殊的旅行。

公元6世纪末，一支自称哀牢之后九隆后裔的蒙氏部落，因外族入侵逃到洱海地区。一日黎明，首领蒙舍龙见山巍峨，水清澈，香风满道，花气袭人，颠沛流离的他感觉来到了梦中的伊甸园，奔波的脚步，再也不愿抬起，从此安营扎寨，躬耕于巍宝山。

相传观音在点苍山下制伏了洱海里的妖魔罗刹，想为当地百姓找位好国君，听说蒙舍龙的后人细奴逻为人厚道，便化成一梵僧，先后三次向细奴逻的家人求食，最后向劳作了一天的细奴逻求食，细奴逻和家人都毫不犹豫地忍着饥饿把饭递给了梵僧，于是观音点化细奴逻为国君，在细奴逻犁田使用的铁柄上刻上十三横线，赐予他和他的子孙十三代的王业，让他做一名贤德的君主。公元649年，细奴逻以其祖蒙舍龙为名建蒙舍诏，自称大蒙国，是为南诏始祖。巍宝山土主庙，供奉着细奴逻等十三尊即十三代王的铜像。南诏国，在这十三位帝王的带领下，在大唐和吐蕃的夹缝中顽强地生存、壮大，第四代南诏王皮逻阁于738年兼并了环洱海地区的其他五诏，完成了六诏统一大业。南诏秩序下的伟大时代不是三言两语能说透的，巍山是南诏的根，从唐朝初年开始，巍宝山一带开始信奉道教中的“五斗米教”，虽几度兴衰，却留下了一山古色古香的建筑，除25座道观外，还有一些佛教寺庙，土主庙，这些庙宇依山势而建，层层叠叠掩映在古木丛中。不管是参天古树，还是新枝新叶，不管是旧时楼台还是刚翻修的庙宇，散发的皆是岁月积淀的静逸之态，闲雅之美，祥和之气。

巍宝山是中国14座道教名山之一，太上老君、吕洞宾在此屡现仙踪，留下了许多的仙迹传说。而我，独对土主庙感兴趣。南诏十三代王为父子联名制，在每一座王像前，我都一一鞠躬，只因为几乎与唐王朝相始终的南诏国，始终以大唐为正溯，这“万里瞻天”的胸怀，成就了我们祖国的疆域，值得我们后人膜拜，要知道，那时候的南诏国疆域多大，这样说吧，大渡河以南至印度洋东北部的安达曼海、孟加拉湾和太平洋最西端的暹罗湾沿岸遵守的都是南诏秩序……

巍宝山最著名的有八景，八景的来历也有八个不同的传说，对传说我不敢费笔墨，只把巍宝山的几副妙趣横生的对联送给大家：

观此山，无峰不奇，无泉不冽，无寺不古，无树不翠，堪称清虚妙境；

过斯境，有洞皆春，有鹤皆鸣，有霞皆青，有龙皆灵，确乃道教名山。

长春洞大殿柱子上挂有一对联，写尽了洞中风光：

黄鹤从何处飞来，听长笛有声，楼头梦醒三更月；

青霞于此间掩映，看名山如画，林下春藏一洞天。

最有哲理的是文昌宫文龙亭的题联：明镜无分圆缺相，孤云不系去来心。与古联相映成趣的，是与亭同龄的石墩上的壁画，“松下踏歌图”，让两百多年前的日子活到了今天静下心来，那芦笛声声仿佛从画里，从天上袅袅传来……

郁郁苍苍的巍宝山因这一副副名联佳句而成了耐人寻味的人文山水，背诵着巍宝山的名联，我回到大理，看苍山是否飘雪。

苍山，白雪与云朵跳舞

横断山脉是中国最长、最宽和最典型的南北向山系，位于其南麓的苍山与烟波浩渺的洱海一起，给横断山脉画了一个温柔美丽的休止符……

苍山山顶在太阳的照射下，仿佛是一个冰清玉洁的水晶世界，终年不化的雪，是最负盛名的“风花雪月”四景之一。而远远地观苍山的

大理三塔　尹绍平 摄

云，则是一份空灵美妙的享受。最美是雨过天晴时，那在半山腰上时隐时现从北至南逐渐变浓、变白、变窄的“玉带云”，据说它飘过的地方，是大理石最漂亮的地方。苍山上的大理石分为汉白玉、云灰石和彩花石三类，通常在古玩店里见的是彩花石，酷似中国水墨山水画，是大自然偷偷画了亿万年的作品。

大自然的作品固然美丽，石宝山大理先人用铁锤叮叮当当凿出的作品，同样是美轮美奂……

石宝山，西南的敦煌

石宝山在大理的剑川县境内，是《五朵金花》主人翁阿鹏的故乡。金庸先生《天龙八部》开篇就从剑川的剑湖开始写起，在这里，我要写的却是南天瑰宝石宝山。

说它是瑰宝，源于它的石窟，也可叫石钟山石窟，在石宝山内。

石窟始凿于晚唐即南诏第十一世国王劝丰祐天启十一年（850年），经五代、历两宋，止于南宋即大理国第十八代国王段兴智盛德四年

（1179年），前后历时320多年。

没进石窟，先被漫山遍野开花的石头给震住了，这是大地对远方的客人最高规格的迎宾仪式吗？大理真是太奇妙了，蝴蝶泉上花开如蝶，石宝山上“石头会开花”，这样的奇观，真的是让想象展开翅膀也追不上。

第一号石窟：南诏第六代国王异牟寻议政图

第二号石窟：南诏第五代国王阁罗凤出巡图

第九号石窟：南诏第一代国王细奴逻全家福造像

第十一号石窟：波斯国人造像

另外还有女性生殖崇拜“阿央白”，以及一些佛像造像，寓意可能是告诉人们人一出生就要先拜佛吧。

这里的石窟有大唐华丽之气势，即使到了与宋朝同行的大理国时期，那大理国国王礼佛图传递出来的，依然是华贵的盛世奢华，没有宋代石刻的简约。

到石宝山还可以碰碰运气，看是否能找到罗汉洞。据明代嘉靖年间李元阳《石宝山碑记》记载：其游览至石钟寺时，“樵指一洞谓予曰：此洞中石罗汉以百计，榛塞而不能入，怅然而去。”此洞至今还未找到。

南诏、大理国，两个雄踞西南边陲五百多年而没有史书的王国，几百年的兴衰，唯有简短得不能再简短的《蛮书》和《新唐史》中有只言片语，大理国317年历史，但是在《宋史·大理国传》当中，只有602个字的记载，平均一年两个字，幸亏有石宝山石窟，镌刻下两个朝代的背影，打开一个石窟就是打开了一部史诗，走进一个石窟就是走进了一个王朝。

鸡足山，暮鼓晨钟中谁含笑

佛祖拈花迦叶一笑，这个衣钵相传的故事，是鸡足山的山门第一景。

“烟霞高卧青山客，云雾隐藏修行僧”鸡足山面壁楼的对联，便是鸡足山的中心思想，是的，鸡足山是一座美丽的佛教名山。相传是释迦牟尼大弟子迦叶守衣入定，以待弥勒的圣山。

据说徐霞客千里迢迢到大理，目的地其实是鸡足山。第一次是背着静闻和尚的骨灰徒步5000余里，为实现和尚“归骨鸡足山”的愿望而来。再度来鸡足山，是到山上养病，徐霞客在山上住了半年多，是他30多年旅游生涯中待的时间最长的地方。

在鸡足山沐浴佛光，是意想不到的惊喜，山中佛光，有红光、白光、金光，而我那天遇到的竟是七彩之光，一行多人，全部被虚空的巨大光环笼罩，神奇无比。那一刻，我第一次感到自己好像会轻功了一样轻松……

寺庙的迦叶殿中供奉有香檀木的迦叶坐像，相机清楚地摄下了一缕佛光进入寺庙的照片，那是佛祖来看他的大弟子来了吗？高僧说佛光是佛的世界、高层次修行者的世界、精神世界的显像……

鸡足山拥有40座奇山，13座险峰，34座崖壁，45个幽洞，鼎盛时期还有36寺、72庵，是108座寺庙层层拱卫的大建筑群……游览完鸡足山，人淡如菊的从容绽放在脸上，这便是沐了佛光的原因吗？

宾川鸡足山　尹绍平 摄

水，荡漾着大理的流年

大理的水有泱泱大水的三江并流，有涓涓细流小河淌水，更有那烟波浩渺波浪滔滔的“海”……

洱海，大理的母亲湖

洱海名虽为海，实则是湖。

洱海曾经是古金沙江的出海口之一，如果金沙江不在叫石鼓的那个地方拐弯，也就没有洱海人这美丽的生活家园了，那时这里是汪洋一片。

“在白雪皑皑的苍山顶上放马驰骋，在碧波荡漾的洱海湖里划船打鱼”，这是大理人的日常生活之美，第一次与这样的场景相遇，看苍山在它怀里倒立，雪白的云朵在蓝莹莹的天上水里飘荡，心立刻象湖水一样荡漾起层层涟漪……

“三岛、四洲、五湖、九曲”的绮丽风光，醉了多少游人，但对于大理人来说，风景不仅仅是用来陶醉的。这个形状如耳，有着大海般风浪的大湖，洱海在他们心中的地位是神圣而尊崇的。白族文化因为洱海而灿烂，它不仅是白族人民的母亲湖，它还是一个内涵丰富的文化之湖，历史之湖。

大理洱海　刘曙 摄

洱海是中国第七大高原淡水湖，烟波浩渺的洱海不像一般的死水湖，洱海的水来自大小117条河溪，有18条溪水是苍山雪融化而成，冰清玉洁的洱海水最后的归宿是澜沧江，然后出境改名湄公河，成为东南亚几个国家的母亲河……掬一把洱海的水，也许过不了几天，这捧水已在另外一个国家的人手心里了……想到这里心也跟着水出国旅游了。

洱海放生　李文华 摄

洱海晨曦　李文华 摄

洱海之源的柔情

洱源，顾名思义，洱海之源。洱源是真正的泽国仙境，梦里水乡，有一江、三河、五湖，560余条的大小支流。田坝与湖泊相连，河渠与村落交错，平畴沃野、湖光山色，真的是“悠悠然有江南风景”啊！

洱海之源头茈碧湖虽四时可游，但最合适的季节，是“一枝梨花春带雨”的春天，因为茈碧湖的北岸有个世外桃源般的村庄叫梨园村，春天有1840株500年左右的古树，开着雪般洁白的花瓣在风中颤抖，白墙青瓦人家，有蝉鸣有鸟啼，有鸡叫有犬吠，有着白族服饰的少女的歌声……

六村七岛俏西湖，是国家级湿地公园，一个六村七岛相连互望，舟楫往来，渔歌互答的白族渔乡。在水上划船，“世界上最美丽的水鸟”紫水鸡会不时出现在眼前，它是世界级濒危鸟类，19世纪后世界各地都非常罕见，这种美丽的精灵除尾下覆羽为白色外，羽毛均为紫蓝色，脚又呈暗红色，它昂首挺胸悠然自得地在芦苇地中行走的姿态，让我知道什么是高傲……

小河淌水——东方小夜曲

之所以要写一写这条小河，不是因为它有多长多宽多悠久，而是因为它的普通，普通的涓涓细流，普通的弯弯曲曲若隐若现……

普通的它却浇灌出一首不普通的歌，“月亮出来亮汪汪，亮汪汪，想起我的阿妹在深山，在深山……妹像月亮天上走，天上走，郎阿！郎阿！山下小河淌水清悠悠清悠悠……”这首弥渡山歌《小河淌水》，是唯一一首编入美国高等教育音乐教材的中国民歌，2008年北京奥运会闭幕式上，歌曲《今夜月明》的旋律就是《小河淌水》的旋律。

如果说维也纳是音乐家梦想的地方，那么弥渡，弥渡的小河，不也是中国音乐家向往的地方吗？

听着《小河淌水》，在小河趟水是多么惬意的事啊……

弥渡的小河，是大理也是中国最长的一条河，它已流向了世界……

洱源西湖　李文华 摄

古城，斑斓了大理的天空

到大理，可游的古城有很多，大理古城，巍山古城，沙溪古镇，喜洲古镇，云南驿……

大理古城——贵气弥漫

在宋朝大理国建立以前，“大理”并不存在，但“大理古城”却存在了。那时这里是南诏国的国都。“大理”一词，源于南诏国第十一世王世隆的国号“大礼国”。“礼”与“理”谐音，后来被段家沿用了。

大理，说起来是六朝古都，一提到古都，人们自然会想到西安、洛阳、南京、开封等，而大理，也曾先后有六个少数民族政权在此建都，只是因为它在祖国的边陲而被历史边陲了。

其实，站在亚洲文化十字路口的古都大理，早在1015年前即公元1000年时，曾为世界十四大都会之一，尽管名次靠后些，在第十三位。

大理古城 尹绍平 摄

不管是在古城幽深的小巷和远古的庭院里，还是洋人街上历史的沧桑里，透着的都是岁月冲不走的王者之气，亦可以说是贵气如岚，如果说大理是一座休闲之城，那也是有品位的悠闲。到大理你会领悟风花雪月不只是名词，下关风，上关花，苍山雪，洱海月，每一个字都有具体显现，而且美到极致。

不管你信不信佛，都要去崇圣三塔寺看一看，只为与那凝固的历史合个影，也是非常有意义的，上千年了，三塔已成为大理的象征，成了站在大地上的一幅可以融摸的古画。

剑川沙溪　李文华 摄

剑川沙溪　李文华 摄

沙溪，诉说着当年的辉煌

春秋战国时期幸存的古镇，为数已不多，沙溪便是其中一个，而且还很鲜活，每天的生活如画卷一帘帘的在每一条巷道自然的展开，真的是千古一叹！岁月在这里仿佛停滞了，停滞在遥远的马帮时代。

金沙江、怒江、澜沧江三江并流自然保护区的东南部，是一个以白族为主，汉，彝，傈僳族共居的少数民族聚居地，号称“茶马古道上的千年集市”，这个地方就是沙溪。其实，在我们今天所说的茶马古道形成之前，马帮的铃声就已经千万次地代替了沙溪的鸡鸣声……

得天独厚的地理位置，特别是唐代在沙溪周遭发现了盐，盐井的开采为茶马古道重镇沙溪锦上添花，一时间，沙溪周遭的山谷里马铃声不绝于耳，沙溪身不由己地成为茶马古道上的盐都。

我住上了沙溪四方街上的百年马店，这里保留了当时马锅头们睡过的床，所谓的床，其实是柜子，只能从上头掀开，这样，把随身的贵重物品存放在里头，睡在上面的人才可以高枕无忧，人是不好打开的锁。据说到老马店来住的，不少金发碧眼的外国人，那格子门格子窗是他们的最爱，不知当年的马帮是否到过他的家乡。

寺登街是沙溪的灵魂与核心，商铺，马店，戏台，石狮子，大槐树，还是千年前的布局，只是登场的人不同了，大槐树长高了。

我偏爱沙溪茶马古道上的古石桥和木廊桥，造型非常优美，听说古石桥的前身是铁索桥，战乱时，为了不让敌人入侵，当地人把铁索桥沉到了江底，用金锁锁起，沙溪有一个打鱼人下水后，曾摸到过这把金锁，现在这铁索桥和金锁成了沙溪的一个谜。

虽说半月的时光，但大理有很多地方还没去到，回到北京的家中，无量山的樱花雪还经常飘进梦里，梦里还有驼铃声……

无量山樱花谷　李文华 摄

无量山樱花谷　刘曙 摄

丽江，古道上盛开的大观园

金沙江、怒江、澜沧江三条“世界级”的河流，一同从青藏高原由北向南奔腾而下，在数百千米的流程中并肩流淌，这就是镌刻在地球上的壮美奇观——“三江并流”。然而，汹涌澎湃的金沙江到达丽江大地之后，突然掉头向东北方向转了一个弯，用身体给苍茫大地勾勒出一个巨大无比的胜利者“V”的图案，这就是著名的“万里长江第一湾”。是的，金沙江没有像她的两姊妹怒江、澜沧江那样“一江春水向南流”去往越南、缅甸，是丽江的美丽留住了她吗？

不知道当年金沙江经过了怎样的挣扎才完成了这一漂亮的转身，她臂弯里的丽江没有辜负她的厚爱和滋养，在高原上把美丽高高绽放。

丽江，地处青藏高原向云贵高原过渡的地带，连接着云南、西藏、四川三个省区，居住着纳西、彝、藏等十一个少数民族。自汉朝始就是通往西藏和印度、尼泊尔等地的南方丝绸之路和茶马古道上的重要物资集散地，所以纳西族人称丽江古城为“贡本芝”，意为背来货物做生意的集镇。因此，丽江古城与其他古城不一样，没有高高的城墙，街道随意延伸，跟威尼斯一样，丽江古城是因商而兴的，是茶马古道的铃声唤醒了人们农耕定居时代的睡意，把丽江人带进了新鲜的商业文化时期，开辟了茶马古道之日，也就有了丽江古城的雏形。

唱着古老的歌谣，留着文字的童年

丽江古城，又名大研镇，背靠着巍巍玉龙雪山，云彩似花朵一样零距离地开放在城市里，那一天的早晨当我推开窗，我真觉得我可以抓住眼前美丽的白云。

行走在古城，我看到了一条条清凌凌的小河，青石板的街道，斑驳陆离的石块被过去的马帮踩得锃亮，失去棱角的五彩石上，印着马蹄的痕迹。这满城的枝枝杈杈的小河，是城北的玉泉河水在古城入口处一分为三，再分成若干支流蜿蜒到每条街道每户人家的，当年丽江不太出名

长江第一湾　李文华 摄

家住雪山下（丽江古城）

时，曾用过“东方威尼斯”、“高原姑苏”的宣传语，现在是大可不必了，因为她比威尼斯秀气，比姑苏还灵气，更主要的是她已经拥有了名气。她像高原上的一架竖琴，雪山下的一碟光盘，有自己的历史和未来。

最独特的是东巴文化。东巴是从西藏“苯教”中引进而来，在古藏语中是“智慧”、“智者”之意。丽江是纳西古王国，这个仅仅拥有28万人的纳西民族，靠他们的“东巴”，托起了远古的太阳，把人类文字的童年，送到了世界文化的大舞台。其实“东巴”就是纳西人宗教活动的主持——祭祀，也是纳西文化的传教者与传播者，集歌、舞、经、书、史、画、医为一身，这个职位不能考取，只能世袭，传男不传女。东巴们专门用的，世界上唯一还在使用的象形文字就是东巴文，用它书写的东巴经书已被联合国教科文组织列入世界记忆文化遗产，而东巴文在丽江街都小店随处可见。

东巴文化的纳西语为“斯究鲁究”，意为“木迹石迹”，即留在木头石头上的印迹。与古埃及的象形文字和甲骨文相比。东巴文要年轻得多，只有1000多岁，不过，其他象形文字留下的只是单片和简短片段，已成为文物收藏在博物馆里，只有东巴文留下了多部长篇经书，且一直活着被世人沿用着。东巴文非常美，我只买了一个“爱”字。它是这样的，左边一个男人，右边一个女人，中间一个“P”，代表“针”的意思，心像针头，刺探出甜蜜，也刺探出疼痛，这就是爱。

龙潭春色（丽江黑龙潭公园）

“家家泉水绕诗咏”的丽江古城，对水情有独钟，视水为古城的灵魂，因为，正是那千变万化川流不息的清清流水给人们带来了无尽的遐想，留住了人们的脚步。丽江人对古城水的珍爱和利用，体现在点点滴滴，他们在古城较高的地方专门设计出可以灵活开启的水闸，每隔一定时日就落下水闸、提高水位，放水冲洗一次街道，白俄罗斯人顾彼德对此评说道：“丽江古城可能是世界上唯一用清水洗街的城市。”《东巴经》中有《迎净水》的仪式和经书，规定了若干不得使水污染的“禁律”，居民共同遵守“一潭一泉三眼井”的用水方法，即靠近出水口的头井为饮用水，头井溢出，流至二井的水洗菜，流至三井的水洗涤衣物。有水就有桥，“小桥流水人家”嘛！丽江还是一座风韵独特的桥城，有多达354座的古老石桥。古城的“桥市”是丽江独有的奇观，人们在桥上交易，而且特定的桥卖特定的货，如四方街头的北石桥是“卖鸡蛋桥”、南石拱桥是“卖鸭蛋桥”等等。这个活着的城市，让我在古色古香中闻到了粮食和水果的清新。

束河与白沙，丽江古城的两个翅膀

进入世界文化遗产保护范围的丽江古城还包括白沙和束河。白沙出名的是它的壁画，是戴有国家级保护单位桂冠的艺术珍品，将佛教、道教、藏传佛教中的故事完美地糅合在一个画面上，这一大胆的创作手法，是中国其他地区宗教绘画中不可想象的。这与因语言和环境不适应，藏人到此不再南去，南边人到此不再北移，让多元文化在此相聚有关。白沙遗存了丽江最早的建筑，可以从结构看出建筑的古朴与雄浑。想象当年前宫唱“阿弥陀佛”，后殿诵大藏经，是多么和谐动听的交响

丽江束河古镇 金振华 摄

曲啊！当然最吸引人的还是明代壁画，但这是需要一定品位和层次的人才关注的，因此到这里的人比较少，多为学者。

丽江束河古镇 金振华 摄

束河，纳西语称“绍坞”，束河古镇位于丽江古城西北面四千米处，因村后聚宝山的形状如堆垒之高峰，以山名村，流传变异而成，意为“高峰之下的村寨”。很早以前，束河是一个远近闻名的皮匠村，有着和意大利一样出名的能工巧匠。他们的皮革制品成为茶马古道上最受欢迎的货物。正是由于茶马古道贸易的原因，在不经意间，纳西人从游牧走向农耕，再从农耕走向商业贸易。所以束河所拥有的自然风光、民俗风情、历史遗迹以及多元的文化景观，是丽江古城的补充与延伸。只是更幽静几分。虽然它的很多地方都像丽江古城的姐妹——特别是它也有三条河流过，而束河四方街完全是丽江古城四方街的再版，但这并没影响它的魅力，如今到束河古城游览的人也很多，很多朋友说，束河的宁静更让人有身居世外的感觉。束河的水，碧碧的，特别是水里温柔的水草，让我至今想念。

在束河游来游去，人更惬意。有一个与北京四合院相似的客栈叫“躲起来”，老板是成都人。他说只有在束河，才能够“躲起来”。其实，真正能躲起来的，不是尘世，而是心，让心在束河洗个澡，人就轻

玉龙雪山　李文华 摄

日照玉龙（玉龙雪山）

松了。躲是躲不起来的。

玉龙雪山，我永远的仰望

不论是乘飞机还是汽车到丽江，最先映入眼帘的都是美丽的玉龙雪山。这座北半球最南端的雪山，皎洁多姿的玉龙，也是每位游客到达丽江后必登的高峰。

从来不在画面上题跋或写诗的著名画家吴冠中在他的《月下玉龙山》上情不自禁地题了一首七绝：崎岖千里访玉龙，不见真形誓不还，趁月三更悄露面，长缨在手缚名山。原来老先生来玉龙脚下竟然遇到连阴天，十天后的半夜三更天才放晴，老先生一直耐心等，可见玉龙雪山之魅力。

玉龙雪山被誉为“冰川博物馆”，至今仍有19条冰川，这是欧亚大陆最南端的现代冰川，而且是受海洋季风影响的海洋性冰川。玉龙雪山另一个值得骄傲的特点是在北半球距赤道最近。从玉龙雪山再往南，整个北半球再也找不到雪山了。她的春色应该是北半球雪山中最美的。我爬山时正值春季，山下是万木葱郁，山花烂漫，待到山顶则是白雪皑皑，一个冰清玉洁的世界，阳春白雪就这样美轮美奂地出现了，我感觉我的灵魂也出现了，人的灵魂总是在高处，爬过海拔5000多米的雪线，我觉得我看到了自己的灵魂。

千古灿烂泸沽湖

一提泸沽湖，人们首先想到的是令很多人向往的摩梭人的走婚。其实，来到泸沽湖，让你觉得窒息和失语的，是泸沽湖的美。是啊，固定伴侣的走婚也好，结发“临时阿夏”也好，那是别人的世界自己的梦。美景，看在你眼里，便是你的，如苏轼所言：“吾与子之所共适。”

泸沽湖是断层陷落而形成的高原湖泊，海拔约2700米，面积约50平方千米，水最深处达90多米，深度仅次于长白山天池和云南抚仙湖，为全国第三大淡水深水湖，水容量20亿立方米，超过云南省水面面积第一大湖滇池的容量。

站在泸沽湖南岸山腰的观景台极目四望，整个湖泊，状如马蹄，蓝天如洗，白云似纱，湖面波光潋滟如镜，湖边山峦起伏如黛，沿湖村庄错落，田园如画。稻谷、油菜、燕麦、玉米、荞麦，似不同颜色的画笔，给泸沽湖镶上了五彩的花框。壁立峭拔的肖家火山和状若雄狮的格姆山，以及山上茂密的森林，是泸沽湖最美的背景。

泸沽湖内有五个小岛，三个归属云南，两个归属四川。有的岛上树木葱茏，是鸟的天堂，有的岛上只有灌木丛生，青苔滋长，还有一岛上有断垣残壁，证明岛上早年有人居住过。而如今仍有人间烟火的是那个三面环山的海堤连岛，十几户摩梭人，世世代代在这里过着原始落后却又悠然恬静的诗画日子。200多年前乾隆《永北府志》曾将“泸沽三岛”列为名胜，“嶙峋吞海气，缥缈壮边陲”是对泸沽湖最好的评价。

到泸沽湖，探访泸沽湖边上摩梭人的生活，特别是他们的婚姻状态——奇异的走婚，是对每个到丽江的人最有吸引力的一个项目。其实，摩梭并不是一个独立的民族，它应当是属于另一个云南古老民族纳西族的一个支系。只因边远偏僻，文化生活跟不上丽江纳西人的脚步

泸沽湖

了。生活方式更原始的他们，被人们称为摩梭人。记得看过一篇文章，记不得原话，大概意思是说，居住在泸沽湖边的摩梭人，简直是住在一片“蓝色的世界”里，湛蓝的天空笼罩着碧蓝的水，灰蓝的云杉下开着紫蓝色的杜鹃，浅蓝色的豆花秧里飞着有翠蓝色羽毛的小鸟……就连美丽的摩梭族大姑娘小媳妇的头巾，都染成鲜艳的蓝色，若隐若现在田间地头……

在这以蓝色为调色板的画面上居住的摩梭人，至今还保留着男不娶女不嫁，配偶之间暮合晨离的习俗，也就是广为流传的“阿夏走婚”。所谓走婚，就是指男“阿夏”只在晚上到女“阿夏”那里过夜（阿夏在此专指情人），天亮即回自己的母亲家劳作。

早些年曾读过白桦的长篇小说《远方有个女儿国》，感觉生活在女儿国的女人独立又自由，健康且美丽，当然她们的肩头也承担了更多的责任。其实，男人也并非像奔腾不羁的野马那样潇洒狂放，路边的野花也是不可以乱“采”的，一个摩梭男人如果走过太多“阿夏”，并非荣光而是耻辱。不过，相对而言，他们的婚姻状况还是要比法制婚姻松散自由，但也不是过分随便，而是更以感性与感情为基石，没有了这个基石，便会自然倒塌。周国平说：性别是大自然的一个最巧妙的发明，婚姻是人类的一个最笨拙的发明。自从人类发明了这个制度，它就老是出毛病，使我们为调试它修理它伤透脑筋。可是，迄今为止的事实表明，人类的智慧尚不能发明出一种更好的机器，足以配得上并且对付得了大自然那个巧妙的发明……摩梭人的走婚未尝不是一种巧妙的发明。

迪庆，高原上的感叹号

传说，在青藏高原雪山深处，有一个“吉祥如意的地方”，由八个莲花瓣状的地域组成。境内有鲜花点缀的高山草甸，有巍峨壮丽的苍茫雪山，有气势磅礴的峡谷险滩……这个地方就是人们向往的香格里拉，它的另一个名字叫迪庆藏族自治州。

迪庆是云南最接近天堂的地方，也是云南唯一的藏族自治州。有人说迪庆是上帝在云贵高原和青藏高原过渡带上作的一幅画，悠久的历史，独特的地貌，神秘的宗教，众多的民族，让这幅画波澜壮阔，气势非凡。其实，身处青藏高原东南缘的迪庆，更像是一座桥梁，连接起雪域的光芒和内陆的眺望。

维西戈登新石器遗址告诉我们，七千年前这里就有了人类的足迹。而境内发掘的石板，又有2400年前聪明的先民留给子孙的印记。

历史上，迪庆地区是藏族和其他民族南北交往、东西融合的走廊和要道，有“南方丝绸之路”之称的“茶马古道”就从这里经过，使这里成为藏族和其他民族共同生活的宝地。藏族、傈僳族、纳西族、汉族、白族等26个民族在此和睦相处，他们和他们的文化及载体，也在这里聚散依依，并驾齐驱，从远古走到现在。

松赞林寺、东竹林寺、东巴文字，都见证着这里神秘多姿的民俗风情，为迪庆的自然风光锦上添花。

迪庆静悄悄地隐藏在“三江并流”世界自然遗产的腹地，直到1933年，英国小说作家詹姆斯·希尔顿写了一本书《消失的地平线》，书中描写了一个与世隔绝，有雪山、草原、美丽的大森林，多种民族和睦相处恬静舒适的世外桃源，称其为SHANGRILA（香格里拉），并被好莱坞拍成电影，电影主题歌《这美丽的香格里拉》也唱遍全球。尽管有很多国家均声称香格里拉在本国境内，但经过60多年的考证，这个风景如画的东方世外桃源在云南省的“屋脊”迪庆藏族自治州，香格里拉——

香格里拉湿地

SHANGRILA的英文读音，与迪庆高原中甸藏语方言“香格里拉”如出一辙，意为“心中的明月”，是其他地区和民族没有的，而书中所描写的民风民俗、雪山峡谷均可在迪庆找到原型，于是，迪庆中甸县经国务院批准，正式更名为香格里拉县。从此，迪庆——香格里拉不再默默地美丽。

由于特殊的地理位置和复杂的地质构造，巨大的海拔高差和地处较南的纬度，形成了迪庆多个地貌类型：山地地貌、冰川地貌、湖成地貌、岩溶地貌等，同时也使这里出现了多个气候带：南温带、中温带、北温带、高寒带。雪山、冰川、峡谷、湖泊、草甸等自然景观在这里应有尽有，众多的生物资源也在这里欣欣向荣地生长，从北半球热带到寒带的几乎所有植物种类都可在此找到，被誉为我国的“植物种植资源基因库”。

从丽江一路向北，自然风光便随着海拔的抬高而变得迥然不同，雪山连绵，峡谷纵横。鲜花在明媚的阳光下绽放，牛羊在青青的草甸上徜徉，心情也如这天空一样越来越蓝。

松赞林寺，雪域文化的节点

到达迪庆藏族自治州府所在地香格里拉后，迫不及待要去的自然是迪庆的灵魂：松赞林寺。以藏族为主的多种民族有着不同的宗教信仰，却过着宁静和睦的生活。五世达赖喇嘛亲自占卜修建并赐名的“噶丹·松赞林寺”功不可没。

松赞林寺在香格里拉城的北面，驱车十几分钟就能看到，寺庙依山

香格里拉松赞林寺　金振华 摄

势层叠而建，似一古城堡，在高原特有的蓝天白云下巍然耸立。极高处屋顶上的镏金铜瓦，熠熠生辉，如见佛光。寺庙殿宇兽吻飞檐，深红色的墙壁，白色的窗，黑色的帘，佛光萦绕，俨然就是浓缩的“小布达拉宫”。这是五世达赖和清康熙皇帝敕建“十三林”之一，也是云南最大的藏传佛教寺庙群落。

松赞林寺和七世达赖喇嘛格桑嘉措还有着一段深厚的“甘苦法缘”。

“白色的仙鹤啊，
不会去远方，
有一天，
它会从理塘归来。”

这不是一首简短的情诗，这是六世达赖仓央嘉措对自己的未来授记，他飞升后，转世灵童果然在理塘降生。但由于当时蒙古和硕特部藏王拉藏汗选了一个假灵童，所以就千方百计迫害真灵童，灵童只好被僧人们暗中送到中甸松赞林寺避难。灵童一到中甸高原便惊喜地说："我向往这福美之地良久，今日如愿，天赐之福。"灵童后来得到康熙皇帝的认可，才得以正身。有了这层情谊，松赞林寺后来的发展颇受七世达赖的关照支持。松赞林寺前殿供着五世达赖铜像，后殿供着七世达赖铜像，是这两位达赖造就了云南最大的藏传佛教寺庙。

松赞林寺现共有僧侣700余人，设喀姆、老僧、英则、第巴、格干等数十种职位。与别处寺庙不同的是，这些僧人分别住在自己宁静幽雅的小院子中，据说是其家人为其修建的。我想进去参观，被拒之门外。

噶丹·松赞林寺，不仅建筑古老宏伟，而且历代珍品众多。有五世达赖和七世达赖时期的八尊包金释迦佛像、贝叶经、五彩金汁精绘唐卡、黄金灯等。殿内回廊壁画琳琅满目，精美鲜艳。

梅里雪山，雪域高原的仪仗队

长篇小说《消失的地平线》描绘了一个远在东方群山峻岭之中的宁静之地，那里有雪山环抱中的神秘峡谷，有金字塔般的雪峰，书中所说金字塔般的雪峰就是梅里雪山的主峰卡瓦格博，属"藏区八大神山之一"。雪山是迪庆的主旋律，境内雪峰连绵，雄奇挺拔，梅里、白茫、哈巴、巴拉更宗……无山不奇，其中享誉世界的梅里雪山，是西藏地区八大神山中唯一没有被人类征服的雪山，这使梅里雪山卡瓦格博峰在世人的眼里更具神秘色彩，以至于原本宁静的山谷和滇藏公路边名不见经传的小村庄——飞来寺，也因四面八方的游客到来而沸腾火热起来。从

梅里雪山　李文华 摄

梅里雪山　李文华 摄

迪庆的德钦小城往西仅三四千米路，就到了飞来寺，洁白晶莹的雪山便倏地横亘在面前，那种冰莹、洁白、静穆，让你感觉那就是神的住所。

梅里雪山，又称太子雪山，1908年法国人马杰尔·戴维斯在《云南》一书中首次使用“梅里雪山”的称呼。这是一座南北走向的庞大雪山群体，北段称梅里雪山，中段叫太子雪山，南段为碧罗雪山，但习惯上把北段、中段统称为梅里雪山。

梅里雪山耸立于怒江与澜沧江大峡谷之间，是怒山山脉的中段部分。冰峰接踵，雪峦绵亘，在数以百计的峰群中，海拔4000米以上的就有27座，5000米以上的20座，6000米以上的6座。其中最为险峻奇秀的13座，俗称“太子十三峰”，耸立于群峰之上的卡瓦格博峰，海拔6740米，为云南第一高峰，是康巴藏民顶礼膜拜的“神山”。20世纪30年代，探游过世界各地名山大川的美国学者洛克博称卡瓦格博峰是“世界

梅里雪山脚下跳舞

上最美之山”。卡瓦格博藏语为“白色雪山”之意。传说卡瓦格博原是九头十八臂的凶煞神，后被莲花生大师点化，皈依佛教，受居士戒，做了千佛之子格萨尔的守护神。成为胜乐宝轮圣山极乐世界的象征。

这座峰是当地人的圣山，担当了太多的宗教使命，每年秋末冬初，成百上千藏民牵羊扶杖，口念佛经绕山焚香礼拜，把自己的喜怒哀乐和祝愿向心中的神灵诉说。

德钦的朋友木梭告诉我，欣赏梅里雪山的最佳处是飞来寺附近。果然，在飞来寺前面的广场上远眺，“太子十三峰”一字排开，神姿各异，造型奇特，其中，缅茨姆峰线条优美，气质如兰，传说是卡瓦格博的妻子，玲珑剔透的农松说格峰则像一个刚刚睡醒的孩子，怯怯地躲藏在缅茨姆身后……

卡瓦格博峰下，冰斗、冰川连绵，犹如玉龙伸延，冰雪耀眼夺目，是世界稀有的海洋性现代冰川。四大冰川中最壮观的是明永冰川，它从卡瓦格博峰海拔5500米处的粒雪盆顺坡一路狂奔，一头撞向2700米处的森林地带，长达8千米，宽至500多米，这条冰川是全球罕见的低纬度保持温度最高的海洋性冰川。曾有人这样记载：“穿单衣坐在冰川上，冰川是冷的，岸边却开满了鲜花。”

梅里雪山拥有雪山群所特有的各种雪域奇观。卡瓦格博峰的南侧，还有从千米悬崖倾泻而下的雨崩瀑布。春夏冰雪消融，瀑布水流增大，溅沫飞扬，蔚为壮观。雪水，从雪峰中倾泻，晶莹剔透，阳光射下，水蒸腾若云雾，水雾又被阳光映衬为彩虹，美轮美奂……

普达措，大人的童话世界

“普达措”在藏语中的意思是“普度众生，到达苦海彼岸的湖”，是国家林业局批准的中国大陆第一个国家公园，拥有世界一流的地质遗迹、自然风光。生物种群以及类型众多的人类文化遗产。在世界140多处自然遗产中，列居第五位。曾经的她只是一个存在于藏语中的传说之地，直到2006年，普达措被评为大陆的第一个国家公园，它才从香格里拉由雪山、草甸、峡谷交织而成的大幕后面走向前台，这美妙仙境顿时成了游客最向往的景点。

普达措由北面的属都湖、南面的碧塔海以及两湖之间的洛茸民族生态文化旅游村和弥里塘亚高原山牧场构成，连接它们的是一条“8”字形69千米的单行环保车道，内有明镜般的高山湖泊，水草丰美的牧场，鲜花盛开的湿地，飞禽走兽出没的原始森林。

属都湖又叫属都岗湖。“属都”为藏语，“属”，酸奶、奶酪之意，“都”应作动词“捡、捞”解。全意应该是处处可以捡到捞到酸奶、奶酪，引申为此地水草丰饶，牛羊成群，盛产酸奶奶酪，牧民幸福富足。

沿湖修建了2.7千米的栈道。栈道是沿着湖边依水而建的一条木道，一侧是湖，一侧是原始森林，湖水清澈湛蓝如宝石，森林茂密可遮天避雨，湖上栖息着大量的野鸭、黄鸭，还有娇艳美丽、浑身金黄的“属都裂腹鱼”，林中则栖息着很多我们无缘见到的麝、熊、豹、金猫等珍禽异兽，边走边看边吸氧，美妙至极……

碧塔海藏语称为“碧塔德错”，意为“栎树成毡的地方”。是青藏高原上最负有盛名的冰蚀湖，也是普达措公园最富饶的景点。湖南、西、北各有一个沼泽草甸，与湖泊水生植物一起，构成了碧塔海的湿地植被。

普达措国家公园

游览碧塔海，可沿栈道行走，约4.2千米，也可乘船游。方才选择了栈道行走，这次便选择了乘船，荡舟湖中，我被湖面上成片生长厚达50厘米的草排所吸引，草排上又生长着众多植物，在水上漂来荡去，似一个流动着的水上植物园，太神奇了。碧塔海虽至清却有鱼，成群结队的“重唇鱼”在水中游来游去，船停时能数清它们的三重嘴唇。它们是冰河时代的原始物种，距今已有250万年的历史，仅存于碧塔海内。导游告诉我，碧塔海里还有更奇特的景象，在农历端午节前后，会有很多醉鱼漂浮在湖面。那时正是杜鹃花盛开的季节，常有游鱼游至湖边吞食杜鹃花的落英，因其含有微毒，小鱼食后便会醉倒，一条条都以白花花的肚皮朝上，形成了“杜鹃醉鱼”的奇观。那时，游客定会和鱼一样沉醉吧！

白水台，仙人耕耘地

见过世上最恢宏的瀑布，也见过世上最婉约的瀑布，但从没见过凝固的瀑布，在迪庆距香格里拉10千米的白地村，我却看到了这一“瀑布奇观”，那就是有着“仙人遗田，东巴之源”美誉的白水台。

白水台是由水中的碳酸氢钙经阳光照射发生分解反应，还原成碳酸钙，沉积、凝固、结晶，不断覆盖地面而形成的千姿百态的岩溶地貌。白水台三面靠山，东瞰白地峡谷，其中心区约有200亩左右，远看白水台好似瀑布悬挂，又像一块晶莹的玉雕屏风，近看白水台则像层层梯田，步步台阶，古人有“白玉满琼田，银阶通天宫”的美妙诗句。据专家测定，白水台已有20万—30万年的历史。

纳西人称白水台为“拜卜芝”，意思为“逐渐长大的花”。白水台是纳西文化的发祥地，相传，纳西族东巴教的第一始祖西巴会罗一次途经白水台，被其美景所获，于是留下来设坛传教。第二圣祖阿明什罗也在附近溶洞修行，纳西族中也流传着“没有到过白地的东巴，不算真正的东巴”。距今两万年前，纳西先民就生活在今天的白水台附近，他们所留下的崖画初具东巴象形文字的要素，也可以说，东巴文，就是在此产生的。这幅大自然创造的绝美作品，因成为东巴圣地而更加神秘圣洁。

走近白水台，却又不忍下脚踩踏了，因为涓涓细流正如一层薄如蝉翼的膜覆盖着整个白水台，所到之处，温婉而细腻。仔细看，层层梯田

牧场秋色

并不规则，有扇形的，有月牙形的，还有花瓣状的，错落有致，参差不齐，依山傍势，没有丝毫人工雕琢的痕迹，但又与人工平整的梯田一模一样，层层叠叠，一片银色世界，一个梦幻世界……

虎跳峡，跳出金沙江的悲壮情怀

金沙江和澜沧江、怒江一起从青藏高原唐古拉山出发一路结伴而行，形成了著名的“三江并流”世界奇观，不知什么原因，金沙江在丽江石鼓镇突然转身向左拐，开始了它“大江东去”的万里征途，在香格里拉桥头镇闯进玉龙雪山和哈巴雪山之间，穿山削岩，穿出了一个世界上最深最窄最险的大峡谷——虎跳峡。

虎跳峡两岸高山耸峙，奇峰陡峭，巨岩壁立，很多地方两岸的双峰欲合，如门虚掩，水如巨龙咆哮而出，身入峡谷，看天一条缝，看江一条龙，浪花卷雪，涛声震耳，令人胆战心惊。

虎跳峡分上虎跳，下虎跳，中虎跳。由于时间关系，我只来到了上虎跳。上虎跳是整个峡谷中最窄的一段，江面宽仅20余米。江心横陈着一块巨石，高约13米，被称为虎跳石，相传，猛虎曾凭借这块巨石跳上对岸，虎跳峡因此而得名。水多时江水翻过巨石，形成咆哮的瀑布，水少时，巨石把江流一分为二，不管什么情况，江水与巨石以及两岸的峭壁，相互搏击，发出雷鸣般的轰响，咆哮着一意向东。金沙江没有像怒江、澜沧江那样出国留洋成了国际河流，但它却披荆斩棘排除万难流经了11个省市，孕育了可与黄河文明相媲美的长江文明，成为我国第一大河，世界第三长河。

从虎跳峡到香格里拉，一路起伏的山峦，一路五彩的杜鹃，任何一个地方，只要一围一圈，就可以卖门票，每一处都可评为最美的杜鹃林。

离开香格里拉之前，一定要去独克宗古城淘淘宝，可以淘到真正的藏族特产。独克宗古城在哪里，这首民歌会告诉你："太阳最早照耀的地方，是东方的建塘；人间殊胜的地方，是奶子河畔的香格里拉"，"建塘"，就是今天的迪庆藏族自治州府所在地香格里拉县城，独克宗古城，便是它的一角。

古城建于唐朝，为当地吐蕃环绕大龟山而建，青石板街蹄印斑斑记载着昔日的繁华。独克宗是我国保存最好最大的藏族民居，有粉墙木顶，乌黑门厅，彩色木雕为背景的藏民传统民居，也有藏式雕房与纳西族干栏栏木板屋结合的藏族民居，其造型丰富、奇特，非常别致，被人们称为"硬质化了的帐篷"。

一边购物一边吮吸着迪庆先民千年前种下的花瓣的芬芳，到迪庆真惬意。

版纳，上帝铺在地上的“油画”

如果说怒江大峡谷，高黎贡山是一幅立着的油画，那么，再往南走，走到横断山脉的最南端，走到那十二个坝子组成的地方，视野越来越幽远，心胸越来越开阔，植被越来越茂盛，原来，上帝把一直挡住你视线的危耸大山搬开了，他老人家把他最喜欢的叫“西双版纳”的这幅画，铺在苍茫大地上欣赏了。

《辞海》明示：澜者，大波。沧者，青绿的水色。被誉为“东方多瑙河”的澜沧江，从唐古拉山查加日玛峰（藏语意为多彩的山）出发，承载着高原豪迈，背负着古老深邃的文明，流入七彩的云南，有人说河流是感性的，有着细腻的情怀，就是这条感性的河流，它来到西双版纳后，却没像在其他地方那样，绕城而过，而是毫不迟疑地，以一泻千里的姿态，穿过州府所在地景洪市，把清凉和美丽送到人们的身边。它知道，这里的人们，不负雪域高原的纯洁，不负它一路携来的不同流域的灵气。它更知道，这是祖国的最南端，再往南走，走出国境，将是另一片天。

热带雨林景观

为什么上帝这么偏爱西双版纳？与西双版纳同一纬度上的其他地方，几乎都是荒无人烟，或沙漠或戈壁，唯有这2万平方千米犹如绿宝石镶嵌在皇冠上，当你来到西双版纳，透过芭蕉树、凤尾竹、高高的椰子树，你将看到，一个或一群剃着光头、身穿袈裟、背着书包的小男孩，或年仅几岁，或十几岁不等，他们走向的不是学校而是佛堂。这是万塔林立，耸立着佛教兴盛的不朽传奇。这里的男孩，都要去寺庙学习，这是真正的西双版纳傣族自治州的异域风情。从澜沧江的入海口越南九龙江口眺望西北，澜沧江也就是湄公河穿过的国家地区，泰国、老挝、柬埔寨、缅甸，一直到中国的西双版纳，无一不是信仰南传佛教的，且都无比虔诚，而西双版纳更是拥有佛寺586所，形成了“村村有佛寺，寺寺有佛塔”的佛教圣地景观。

追溯历史长河，在一千五百年至三千年前，在黄河流域腹地中原地区，夏商周三大王朝夺地封侯，烽烟不断的时候，澜沧江流域的先人们，却在享受这世外桃源般的生活，甚至在二战时期，日本鬼子的铁蹄，也未能踏上版纳的土地。所以，在这里的身高87米的望天树身上，没有一个弹孔的痕迹。

佛寺是傣族地区学习文化的地方，是傣族的学校，七至十二岁的

原始森林公园

西双版纳傣族园

男孩要进入佛寺出家当小和尚，抄写经文和刻写贝叶经是不可缺少的修行和手艺。贝叶经是傣族文化的根，如今佛寺还沿用古老方法制作贝叶经，用铁笔将文字刻写在特制的贝叶上。586座寺庙中，保存的贝叶经多达五万多部。

版纳真的是一块福地。傣族人从小就要去教堂学礼仪知识，背诵经文，小小年纪就有了丰富的内心世界和非凡的思想，当然，一定时间之后要还俗，极少的会留下来做住持。除了佛经教诲，更有他们口口相传的傣族谚语，渗入了每个傣族人的血液，成了他们行动的指南，在望天树景区，我用手机拍下了这样一段话：

没有森林就没有水；

没有水就没有田地；

没有田地就没有粮食；

没有粮食就无法生存。

对佛教虔诚信仰和对大自然的敬重，决定了版纳人的行为，成就了今天郁郁葱葱的西双版纳。

不过，我更喜欢这样的形容，甘露从天而降，滴落在植物王国的王冠上，化为一枚墨绿的宝石，成就了西双版纳，成就了热带雨林。

西双版纳是当之无愧的“植物王国”，因为这片仅占全国土地面积五百分之一的土地，拥有高等植物种类五千多种，动物两千多种，鸟类四百二十七种，分别占全国总数的六分之一，四分之一和三分之一。成为关系到国际生态安全的敏感地带和全球25个优先重点保护的生物多样性地区。

傣族少女

西双版纳，古代傣语为“勐巴拉娜西”，意思是“理想而神奇的乐土”，还有一种解释是分开来的，“西双”译成汉语是“十二”，“版纳”是个量词，意为“千块田”，所以，“西双版纳”直译则为“十二千块田”。历史上的西双版纳，正巧是车里宣慰使司统辖下的十二个提供贡赋的坝子。走进西双版纳，便是走进了绿的世界，花的海洋，抬头椰子树，低头大菠萝，肩搭肩的棕榈，手挽手的凤凰花……呼吸着水韵的绿色空气，不能光顾着沉醉，这片有13个世居民族的自治州，还有好多五彩缤纷，令人着迷的去处，可以洗涤内心的繁芜。

淳朴自然傣族园

人们都说："到了西双版纳不到橄榄坝，等于没到西双版纳。到了橄榄坝不到傣族园，等于没到橄榄坝。"

傣家庭院

傣族园村寨

走进傣族园，首先映入眼帘的是香火缥缈的寺庙，然后便是星子般散落的傣家竹楼。傣族园不是政府新建的园子，是五个生态的傣族村寨聚集在一起组成的一个大园子。五个村寨的少男少女在这里，把几千年来十几个民族的节日舞蹈聚集起来表演给远道的客人。

在傣族园最打动我心的是傣家姑娘风情万种的孔雀舞。曾听说，云南十八怪，十八的姑娘像老太。我想说这话的人，一定没见过我们的傣族姑娘是如何的美丽到了无可挑剔，她们纤细的腰，月华般的脸，温润的歌喉，都是被雨林涨潮的绿沐浴的吧。在傣族园最不能错过的是泼水节，那是每一个游客都可以参与的节目，傣家人爱水恋水，对水的赞美留在古老的谚语中：“水诞生，地形成，水创世，世靠水。泡沫跟着波浪漂，傣家跟着流水走。”当那清凉的水漫天飞来，从天上飞来，从彩虹里飞来，从姑娘的歌声中，从象脚鼓的肚子里飞来，飞到你的皮肤上，飞到你的头发里，那样的水不仅能洗掉张爱玲笔下粘在衣服上的“饭粒”，也能洗去前世刻在心头的“朱砂痣”，让伤感的前尘旧事随着水花飞溅而去……

到傣族园，千万不要蜻蜓点水过几个“节日”就匆匆离去，五个寨子连在一起，没有一天时间，是逛不过来的。若在傣家竹楼里留宿一晚，会有别样的感受，那是车声、霓虹灯还没出现在这个世界上时的宁静，那时，你可以听到大自然的心声。

野象谷，那一世难遇的奇缘

一直以为，大象是被关在笼子里的，没想到，野象谷的大象真的是野象，据说有上百头。大象和孔雀，都是西双版纳傣族心目中的吉祥动物。但是是否能遇到大象，那要看天意了。

野象谷的前身是野象观察站，因科学研究及自然保护逐渐发展成为国家五A级景区，除大象外还有野牛、云豹、灵猫、飞蛙、水鹿等多种动物。此处还是鸟的天堂，天空时常被飞鸟装扮地五彩斑斓。鸟类的繁多引起许多鸟类专家的关注，每年都有观鸟团前来观鸟。

来到野象谷，首先热烈欢迎来宾的是门口孔雀园的孔雀，也许是我们一行多为花枝招展的女同胞，几十只公孔雀同时开屏，展示自己的美貌，整个孔雀园霎时变得异彩纷呈，美丽至极，让我想起杨丽萍打动世

野象

界的“雀之灵”……

乘索道来到了野象谷的最高点，没看到野象，但徒步下山时，在热带雨林中穿行，颇为惬意。茂密的热带植物形成一个严严实实的顶盖，把大片的阳光遮成了游丝，甚至噼噼啪啪的雨点也打不到头上，热带雨林最大的特点就是植物长得都非常夸张，一片芋头叶比两三把雨伞还大，藤蔓植物能长成几百米长，一棵树覆盖有两三亩地，一篷竹子有几百棵甚至上千棵……西双版纳的热带雨林，是把植物放大了几十倍的雨林，在这样的雨林里钻来钻去，仅几平方米的小片地上，就能有几十种甚至上百种植物注视你、倾听你，那份新奇很美妙。森林中处处可见野象出没和活动的痕迹，朋友告诉我林间漫游或嬉戏的野象群须在早晨或黄昏才能碰到，所以一般游客只能观看到驯养的大象的演出。大象的演出很精彩，特别是大象用又长又软的鼻子给客人按摩，从头按到腰，按到腿，再按到脚底，异常虔诚认真的样子令人捧腹叫绝感动万千。当然，骑在象背上的感觉也很得意，因为在记忆中，古老的壁画上，我看到的都是贵族乘坐在高大的象背上。唐玄奘从印度归国的图画，也是骑在装扮华丽的大象上。

到了西双版纳，不要问雨林在哪，到处都是雨林，不但有宽广浩瀚的原始版，而且有曲径通幽的浓缩版。

占地面积达到25000亩的原始森林公园，是目前北回归线以南保存最为完好的原始版热带森林，大多为五百年以上的树。它以无法替代和复制的自然景区，融汇了原始热带雨林的神奇自然风光和浓郁的民族风情。

在这片原始森林里，有原生态的莱阳河、一百多万年的天料木、上千种野生动物，另外还有童话中的小木屋，现代版时尚的孔雀山庄……

这样的地方是值得住上几天的，在天然氧吧里，充分享受负离子在血液中撒欢的舒畅。在雨林遇到雨，真正是喜上加喜，在滴滴答答的雨声中，想起这样的传说：一滴甘霖从天而降，滴落在植物王国的王冠上，化作一枚墨绿的宝石，成就了西双版纳，成就了热带雨林。浓缩版的雨林公园很多，如曼听公园、热带花卉园、热带植物园等等。

望天树，撑起版纳的天空

傣族是一个逐水而居的民族“泡沫跟着波浪滚，傣家跟着流水走”。古时，傣族先民百越族群大多生活在东南沿海一带江河湖泊密集的地区，后来不断地西迁南进，但对水的依恋和珍爱时时处处，“保住山上常青树，沟底清水年年流”。古老的谚语深入到每个人的骨血。傣族古文献《谈寨神勐神的来历》中讲到：傣族建寨时，必先选一片片大的森林，作为寨和勐的保护神，并把这片森林命名为“寨神林”“勐神林”（即竜林）。从此严禁进入竜林伐木采摘和打猎。这些竜林，有

望天树

望天树热带雨林——84 米高的望天树（中国最高树）

的几十亩，有的几百上千亩。他们口口相传着这样古老的歌谣：树木撑起了天空，如果森林消失，世界之顶的天空就会塌落，自然和人类就会灭亡。是的，西双版纳最高的树，望天树，确实撑起了版纳的天空，因为，望天树是热带雨林的标志性植物，没有它，就不能称之为热带雨林。

上世纪70年代，植物学家在勐腊实地科考，发现了望天树。1986年，菲利普亲王来到西双版纳考证，高高的望天树站成一个王的姿势，居高临下地接见了亲王，亲王一点不生气，相反非常高兴，回去后便著书立说，向世界证实了北纬21度附近确实存在热带雨林。我国本来就是世界上拥有热带雨林的三大地区之一。

看到望天树的那一刹那，我的心忍不住如小鸟踏上枝头那般轻颤，忍不住想起了张爱玲的那句话："我感觉自己很低很低，低到尘埃里，但心是欢喜的，在尘埃里开出花来……"据说，望天树一开始长得非常的快，当它的高度高出森林中其他树木，可以不再被遮挡的时候，它就开始不紧不慢悠闲地生长了。人生，又何尝不是靠年轻时的努力才能飞得更高远啊……

鹤立鸡群的望天树，高出了整个森林，人们在它们的半截腰里用麻绳架起一座空中走廊，那是"中国第一条树冠走廊"，当我颤颤悠悠地走过时，居然能看到其他树亭亭如盖的树冠，那一刻，我觉得自己舒服得就像一片微雨中的树叶……

热带雨林，不同于一般的森林只有两三层的阶梯，从上到下共有四五层。最上层的是鹤立的望天树，七八十米高，中间二三十米是乔木和热闹的寄生、附生植物，最下面有一两米曼妙多姿的灌木，再下面还有腐生植物和真菌……各种不可思议的景象，奇迹般展现在眼前，巨大的板根、植物绞杀、老茎开花，哲理地共生。热带雨林里的植物，让漫步在高空风景的我望天绮梦，展开最奔放的思维……

磨憨与21的缠绵

我们在口岸相遇，南方小城的雨林，
温热的，安静的，磨憨在云里，
留下透明的回忆，爱在北纬21，
熟悉的，柔软的，风吹过梦境。
放肆呼吸，感受呼吸，
有绿色的歌，那是象群的游戏，
熟悉生命，感受生命，
原来泥土的气息，也是一种奇迹。
让我陪着你感受边塞星空，
自由是一种，彩色与你擦肩而过，
爱情，从指缝照着树叶日落，
有金色的梦，有水流过天空。

这首歌的名字叫《北纬21》。磨憨位于北纬21度，年均气温21度，最适合人类生存的温度21度。而传说中人类灵魂的重量是21克。

从西双版纳景洪出发，一路向南，植被越来越好，当你感觉好像

磨憨国门

是来到一个大公园的时候，就到磨憨小城了。磨憨是一座新兴小城，原为勐腊县的一个镇。磨憨为傣语译名，意思是“富裕之矿”。磨憨口岸位于中国最南端，是我国通向老挝最重要的国家一类口岸，它也是通向东南亚最便捷的陆路通道，还是中国—东盟自由贸易区建设的最佳结合部，我国面向东南开放桥头堡的是前沿阵地。

磨憨与老挝磨丁口岸接壤，据老挝首都万象680千米，距泰国清迈口岸228千米，从中国边境的公路南下，中南半岛六国不再遥远。2008年昆曼大道的贯通，坐拥优越地理位置的磨憨，也因此被形象地称为“国际大道上的旱码头”。

清晨，我被鸟儿叫醒，整个磨憨小城被雨雾和山峦笼罩着，这座深层雨林中的“亚洲驿站”，如此静美，在这个静美的早晨，我欣赏了磨憨的标志性建筑：矗立在雨林中的庄严国门；磨憨的标志性色彩，飘扬于山水之间的五星红旗。最后，我被磨憨街道上穿着显得光怪陆离的少数民族吸引了。原来，这片面积803平方千米的土地，早就有傣族、哈尼族、苗族、拉祜族（苦聪人）族、布朗（克木人）族等原住民在此繁衍生息。众多迷人的村寨，就散落在山岭深处。这里的丛林与东南亚无边无际的季风雨林融为一体，不乏珍稀动植物，中国仅存的龙脑香科代表性植物——望天树群落，离磨憨仅30千米左右。走了一上午，两个磨憨村寨，传统到几乎处处是原生态。热带雨林覆盖率高达80%以上的磨憨，走进哪个村寨，都如步入了世外桃源人间仙境。

中午品尝了烤青苔、树血、剁生等当地传统美食后，当地朋友又领我们去吃了老挝火口。虽说老挝可落地签证，但由于没带护照，只有听听他们诉说出境游的乐趣了。

对我而言，老挝很神秘。因为它是全世界最不发达的国家之一，我想它一定保留了更多的自然人文本真的东西。朋友说，他们去老挝，要带上糖和饼干，因为会有光着屁股的小孩在路边讨要。虽然生活艰苦，但老挝人的面目是安详的，好像外面精彩的世界跟他们无关，他们的步伐总是慢悠悠的，享受着真正的慢生活。

从磨憨沿昆曼大道前往泰国也不远，仅需两三个小时即可穿越老挝北部到达会晒大桥，大桥的另一侧就是泰国。一般中国人早晨出发，可以直接到泰国吃午饭。

一早从磨憨出发，可赶上懒散的老挝别具风格的早市，还可赶上泰北或清迈或清莱清盛的夜市呢！真是一趟奇妙的旅程。当然你也可以不走早市，这个早在1995年就被列为联合国世界遗产名录的城市，有600多座古建筑群慵懒地等着人参观。也说不定能与一个戴着斗笠骑着大象的男人，相遇在浓雾弥漫的丛林中……不过，很多人要穿过老挝去赶泰国的夜市。唱着《北纬21》的歌曲，我驰向……

茶的老家勐海

“普洱茶”产地，宋朝时就闻名天下的江南六大茶山，除景迈茶山属普洱澜沧县外，其余五大茶山均在西双版纳的勐海县境内。所以很多人写文章称勐海是茶的老家。的确，世界上没有一块地方，像勐海这样集巴达贺松、勐宋滑竹梁子、格朗和帕真野生茶群落以及南糯山、帕沙、贺开、班盆、老班章、老曼峨、曼迈、那卡等等有名气的古茶山于一身。

勐海，傣语地名，意为勇敢者居住的地方。这勇敢的人，可是1800多年前就定居在此的布朗先民，是的，他们用他们的勇敢，把天赐的神树之灵，演绎成遍布于勐海千山万岭的古茶国。2012年9月27日，一个令全球茶界震惊的消息从云南勐海县巴达贺松山传出，被誉为“茶树活化石”的世界存活树龄最长的栽培型古茶树之一——巴达野生茶树王悄然“仙逝”，这棵1800多年的古茶树，在中缅边境巴达贺松大黑山深处一直默默地苍翠着，直到1961年才被世人发现。它的出现，表明中国不仅是茶文化泱泱大国，而且是不可辩驳的世界茶树原产地。

巴达贺松大黑山的古茶树是一个群落，与茶树王“同龄”者仍比比皆是，依然耸立群山。我有幸来到此茶山，古茶山并非想象的山高水深，古木参天——参天的不是古茶树，几百年的古茶树也就几米高。但这里仍不失为最有观赏价值的古茶园，树枝高低错落，树形奇美多姿，更有那白雾袅袅，使人如临仙境。勐海属西南山原地貌，高原丘陵盆地。雾多是勐海气候的特点，有了雾的滋润，茶山更显生机盎然。“高

勐景来田园风光

山云雾出名茶”，古树这种对自然环境极为挑剔的植物选择勐海绝非偶然。在云雾缭绕的茶山，一手握一团云雾，一手折一枝新茶，轻吮，美妙至极。

茶园深处，见一山寨，进寨，品茶。主人盛情，但从不饮茶的我，一杯即醉，原来主人拿的是最好的春茶。不知主人是嫌我不会品茶还是因为我说了这茶有点“苦”的“外行话”，临走时，主人不肯卖茶给我。一茶，一书，一知己，缘分本就是一杯茶。我为园主的盛情感动，也为园主的本真感动，有缘就交，无缘则去，何必为了名利而委屈自己。离开园主时，我给他深深一鞠躬，他愕然，欲言又止，但我已挥手，浅笑离开，一笑一尘缘，“茶”字拆开即“人在草木间”，多少年前，说不定我是此地茶树叶上的一颗露珠，我们的缘分，注定要滑落……

最美村寨

勐景来在中缅界河打洛河边上，忘了告诉你，它是一个寨子。勐和曼，在傣语中都是村寨的意思。景来在傣语中是指“龙的影子”。看过电影《孔雀公主》吗？那故事就发生在西双版纳，传说电影里男主角的原型召树屯王子曾为追赶一只金鹿来过此寨，那时这里还是原始森林。王子走后，人们发现森林里时常闪现一条龙的影子，就来到这里建寨定居，守候王子，并将寨子取名“勐景来”。

当穿着筒裙打着油纸伞的傣族姑娘袅袅婷婷地从寨子里向我们走来时，我想起了江南水乡青石巷里的丁香般的姑娘，只是她们的背景不一样，江南的建筑是水彩画，勐景来却是一幅浓墨重彩的油画。而姑娘的美，是一样的杨柳细腰，水灵灵的。细看仍有不同处，傣家姑娘没有江南女子的婉约，却带着旺盛的生命气息，充满了青春的活力。

勐景来寨子虽然还是干栏式建筑傣家竹楼，但一楼已不再是家畜的住所，整个寨子暗香浮动，走进寨子仿佛进了花园一般。塔林，大大的菠萝蜜，高高的菩提树，如星星般挂满树枝的芒果……在寨子里游走就像逛植物园一样。在一棵千年菩提树下小憩，传说这棵树的种子来自释迦牟尼成佛打坐的那棵菩提树，于是心一阵潮热，第一次感觉佛这样近，仿佛佛恩已沐头顶。

勐景来人的生活真是惬意，榨糖、染币、织傣锦、制竹器、制陶器，赶摆……这就是寨子人日常的悠闲生活。没赶上勐景来的节日，听说今年的泼水节云南省电视台就是来这里直播的。我看到一个用竹子做的类似“乐器”的东西，但导游告诉我，那不是乐器，是高升。“高升”意为步步高升，是傣族在重大节日或大型祭祀活动时必放的吉祥物。放高升时，要把这五六个小空竹筒绑成一圈，用一根长竹竿连接起来，在每个竹筒里放进火药，然后点燃引线，高升便会腾空而起，最高可达五六百米。人们仰望着飞入天空的高升，向白天的“流星”许下自己的愿望，据说，它能把人的愿望传递到天上。

在西双版纳的大山深处，许多古老的民族山寨，就像洪流中的石块，坚强屹立。基诺山寨，就是这样的一块顽石。基诺山寨，顾名思义居住的是基诺族。基诺族是国务院1979年6月正式确认的一个单一少数民族，主要居住在景洪市基诺山基诺族乡。基诺族只有语言，没有文字。基诺山的汉文根据基诺语译为“攸乐山”。我倒觉得这个名字很悠闲。基诺山是原始森林密布的热带山区，上基诺山时，细细的雨丝，像流水一样划过脸颊，非常惬意。这是我在热带雨林遇到的甜丝丝的雨。

基诺少女

导游说，基诺族称“基诺”，旧称“攸乐”，意为“舅舅的后代”或“尊敬舅舅的民族”。

基诺族由乌优、阿哈和阿细三个胞族组成，现在他们统一着乌优服饰。一进基诺山寨，便是创世女神“阿膜腰北”塑像。

阿膜是母亲的意思，腰是大地的意思，北是创造的意思。女神旁边的木牌有这样的解释：远古洪荒，混沌宇宙，大地茫茫之中诞生了一个力大无比的女神。她举起右手分开天地，左手抓起泥土形成山河，搓下污垢变成万物。然而，动植物争吵不休，互相残害。世界混乱不堪。她造七个太阳晒死部分植物，造洪水淹灭了部分动物，造一面大鼓，把码黑、码妞兄妹放在里面，大鼓随洪水漂落到基诺山，兄妹俩走出大鼓成婚，繁衍了基诺族。这样的传说，与远在西方的基督故事是多么相似啊！我想起汉族夸父追日、后羿射日的传说，为什么基诺族这个长期生活在祖国最南端的热带雨林中，与世隔绝千百年，直接从原始社会末期跨入社会主义社会的民族，关于人类起源的传说竟与我们如此相近呢！

基诺山寨景区－基诺大鼓舞

基诺山寨让我震惊的是像北方坟头一样大的蚂蚁窝，这是蚂蚁生活的地下巢穴，包含一系列彼此连通的地下小室，与地面经通道连通。地下小室包含育儿室、食物贮藏室、交配室等。蚂蚁窝由工蚁们负责建设和维护，工蚁们将窝内颗粒状的脏东西叼到出口附近，形成常见的蚂蚁窝“土堆”。基诺人对蚂蚁堆非常崇拜，不准破坏甚至不能放任何东西在上面。传说蚂蚁堆是阿膜腰第二次创造世界的时候留下的，蚂蚁堆是土地的神灵。基诺族是一个尊重舅舅的民族，婚姻大事也是舅舅做主，如果家族里没有舅舅，就由巫师带领村民去认蚂蚁堆作为舅舅祭拜。要带上三份饭三份菜……这似乎和我们汉族的民间谚语——舅是阎王爷惹不起不谋而合……

从小就看电影《鸡毛信》，在这里我见到了真的鸡毛信：若是一般的信息，就在木棍上刻三道纹，表示有事儿相约；若是急信，就在木棍上拴上鸡毛、辣椒、火炭，表示事情的紧急程度不同。人们只要看到送信者手中的鸡毛、辣椒、火炭就知道发生了什么事。在展览馆里，还有一个挂满了玉米的小架子，什么解释也没有，导游告诉我，这里不打老鼠，挂玉米是给老鼠吃的。看来“过街老鼠人人喊打”的歇后语也不是到处可行的。

最后，我们观看了基诺山寨独有的木鼓舞。基诺山寨的少年手握绑着红绸子的圆形鼓槌，敲打着太阳鼓，少男少女们则踩着鼓点，那舞蹈，没有杨丽萍的雀之灵优美，但也雄浑有力得令人震撼。走出基诺山寨很远，遥望雨林深处的炊烟，竟有几分不舍。

亦真亦幻
说普洱

普洱与北美洲的古巴和中国的台湾省同处一个纬度，气候舒适温和，是最适合人类居住的地方之一，是北回归线上，保护最完好的一片绿洲。发源于喜马拉雅山的澜沧江水系穿梭于这片土地上，哀牢山和无量山如一道道血脉，使得崇山峻岭，林海茫茫。普洱的名气和桂冠因为这茫茫林海中一片小小的树叶而声名鹊起。

镇沅千家寨2700余年的野生型茶树王

这不是一枚普通的树叶，由这片树叶滋生起来的茶马古道，让中国走向了世界，让世界知道了中国。

“南方有嘉木，天下重普洱”，从3540万年以前的“景谷宽叶木兰化石”到2500万年前的“中华木兰化石”，再到2700年前的“千年寨野生型古茶树群落”，再到1800多年前的千年万亩“景迈芒景栽培型古茶树”……普洱是世界上唯一保存茶类植物垂直演变链条的地方，到普洱，拜茶祖，游茶山，买茶叶，成为一种最生态时髦的旅游方式。

普洱国家公园，灵魂和动物私奔

因为要从普洱转道去西双版纳，所以到普洱的重头戏赏茶品茶安排在了去版纳路上的景迈山上，于是我先去了离城最近的普洱国家公园。

普洱国家公园——大门

普洱国家公园

小熊猫

猿猴

白犀牛

从普洱出发不到半个小时就来到了公园门口，还未进园就已感到了远离尘世的清凉。景区地处热带与亚热带过渡地带，森林覆盖率达到了94.5%，保存着中国面积最大、最完整的南亚热带季风常绿阔叶林，夏无酷暑是必然的结果。

进入公园，首先被两头白犀牛吸引了目光，它们是体重仅次于象的陆生动物。自从1933年最后两头犀牛被捕杀以来，这片土地已经80年没有犀牛的踪迹了。导游告诉我们，景区内的7头白犀牛，是从南非引进的。

犀牛憨态可掬，宽而大的嘴巴吃起草来像割草机一样快。如此庞然大物，居然见一个小沟沟就不敢跃过。原来，它们的眼睛是向两边分别看事物的，而且近视，所以人站在正前方它是看不到的，所以一个小小的沟，它们都不能看穿其深度。犀牛每4–5年才能繁殖一次，每次要怀孕18个月，且每次只能生一胎，所以，目前现存的5种犀牛中，有2种几近灭绝。犀牛虽眼神不好使，但听力强，耳朵随着声音转，我故意高歌一曲，犀牛的耳朵果然跟着声音转起来。犀牛是义务消防员，一见火肯定跑过去踩灭，别看每只犀牛平均重达2200千克，但一见到火，奔跑起来可达到50千米每小时。

虽说小熊猫是公园最会“卖萌”的动物，猫脸熊身，似猫非猫，似熊非熊，一副小猫似的稚气脸谱，从来看不到愁容，但是，走近时，导游又赶紧告诉我，离它们远点儿，有一只会伤人。颇能逗人喜爱的动物却是会伤人的，看着把头蜷缩在四肢中，以尾当被覆盖在身上的小熊猫，我无语了。

人还没到嬉猿半岛，早已被长臂猿的歌声打动了。原来，长臂猿嘹亮的歌声在1–2千米之外都能听到。起初我还以为是有人在路上吼呢，直到看到一只长臂猿一边“臂行”在树冠上，一边引颈高歌，我才心服口服，不足一米高的小身板却有如此洪亮夸张的歌喉，还有三四岁孩童的智商。一夫一妻制的长臂猿，经常吃导游的醋，一旦雄性猿和穿得花枝招展的女导游逗趣时间长了，雌臂猿便会发生严厉的吼叫，然后雄臂猿只好乖乖地回到它身边。

在茫茫森林中漫步，看猿猴在林间飘荡，水禽在湿地徜徉，蝴蝶在山谷起舞……最后，还有精彩的歌舞表演，在深山老林里演绎。森林散发的植物原香，自然生长的一草一木，特别是在桫椤小径零距离观赏与恐龙同时代的“中华桫椤”，使人感觉仿佛穿越到恐龙生活的年代，在大自然中与各种珍稀动植物和谐相处，这里真是一个可以让灵魂私奔的地方。

茶马古道起源地

茶马古道起源地在宁洱县。茶马古道零千米碑坐落在宁洱县城茶源广场内，它象征着茶马古道的起点。茶源广场是以普洱茶文化为主轴的广场，由茶马古道零千米碑，七子饼广场，清道光年间普洱府城图等构成。在广场上看普洱山，山的岩壁上天然形成的一个天赐的“茶”字让我很惊叹。

同心乡那柯里村是古普洱府茶马古道上的重要驿站，是清光绪年间的关哨汛塘之一，称“那柯里塘”。

“那柯里”为傣语发音，那为“田”，柯为“桥”，里为“好”，那柯里的意思是说该村小桥流水，沃土肥田，岁时年丰，是理想的好住处。

“那柯里”原名“马哭里”，传说古时马帮过那柯里必须涉水趟河，劳累的马儿走到这里，面对滔滔河水都会望而却步，泪水涟涟，因而得名“马哭里”。爱马如命的马锅头几次上书官府后，官府在这里修建了“风雨桥”。从此，“马哭里”更名为“那柯里”。

占地70余亩的那柯里，四面环山，两条小河相汇于此，古道流溪，森林葱郁，山花修竹掩映着农舍，小桥流水装点着人家，走在那柯里深浅不一的马蹄印上，想起《马帮情歌》，顿生“古道西风瘦马”，“断肠人在天涯”的感慨。那柯里还是云南省第二首“小河淌水”《马帮情

那柯里茶马古驿站——松多落

歌》的诞生地。

小小村庄里，古道陈列馆、水车拉风箱、洗马台、碾碓房、马跳石、石心树、连心桥，依然是古时的模样，荣发马店里，一副“关山难越谁为主，萍水相逢我做东”的对联，极尽“江湖”豪情，对于山高水长背井离乡的马帮，那柯里就是旅途上温馨的家。既然是家，光有豪情是不够的，还需要柔情，尽管这份柔情难免像雾像云又像风，但那却是《马帮情歌》的原动力，那风情万种或含情脉脉或大胆奔放的歌声，在驿站的四面八方唱响，一直唱到现在……

告别那柯里古寨，我的眼前浮现出美国记者埃德加·斯诺笔下马锅头的英姿：他骑一匹精力旺盛的小马驹，纯黑色，颈项上套着一圈铃铛，欢快地响个不停……他的坐垫是一块美丽的西藏毛毯，他骑在马上胳膊肘向外伸开，这是典型的云南姿势。他的双肩上，一边挂着黄色丝巾，另一边挂着一长串银珠子，腰间挂着一把银剑……他头上才叫好看，他头戴一顶软皮帽，帽檐上插着一根雉鸡毛，好一副豪侠气概！马帮锅头，斯诺笔下的马锅头，可是我前世的恋人？

西盟佤山，从原始社会走来

西盟佤山，从原始社会一步走来。没到西盟，先读到这样的句子：西盟佤山，找到人类童年的地方。这是西盟人木子一狼一篇文章的题目。于是，对西盟这片神秘的土地更加充满了向往。

走进西盟县城，果真如置身于童话世界。西盟佤山县城坐落在美丽的天然湖泊勐梭龙潭湖畔。四周被常年翠绿的原始森林所环抱。

从没有见过这样建筑风格统一的县城。不管高楼还是矮房，全部是茅草顶，墙壁皆以橘红色为底色，上面涂满了金黄色、黑色为主的涂料，这可不是随意的装饰，这是西盟人把童年的记忆，原始的村落遗迹，衣服上的花纹图案，木依吉神谷岩画的图案等凡是有佤族特色的图案，全部搬到了墙壁上。这哪里是建房子，简直是在创造一幅立体的写意画。

每一个到这里的人，都有置身欧洲小镇的感觉。其实，这就是几百年几千年前的佤族家园的再现，是从原始社会直接过渡到社会主义社会的佤族人的童年，也就是人类的童年居所。

在勐梭龙潭湖畔，有西盟佤族人称为“龙摩爷”的一处祭祀地。沿着长满青苔的山道拾阶而上，转过一个弯又拐过一个坡，当瀑布的声音轰鸣起来的时候，你便来到了一处密林幽谷中。这里古树阴森，石壁峥嵘，一小块不足十平方米的平台中央，有几棵古树抱团而立。抬眼望去，每棵树都挂着无数牛头骷髅，再抬眼，四周石壁崖树上都是骷髅，没有规律，只是年代久远的只剩下两只弯弯的牛角。这震慑心灵的场景，便是佤族人连年祭祀的杰作。牛头的摆放，以它死时头落地的方向和姿势为准。导游说，不完全统计，此地要有三千多个牛头，这里是经过寨子头人同意，可以照相的。但是，想想三千多头牛在张望着你，哪个还敢照相啊！

西盟里坎藤索桥

西盟不仅再现了人类童年的居所，西盟还有人类桥梁童年时的模型——古藤桥，它是那么单薄瘦小，用细小的藤条编织而成，走在上面，飘飘荡荡，可就是这一座座桥梁，串接起人类的昨天与今朝……

站在藤桥上望天空，德国哲学家海德·格尔说：桥具有某种神性，连接了天与地。

寻茶之旅

普洱多山，山多植茶。困鹿山、板山、营盘山、景迈山、邦崴山……这么多的山，我只能选择一座，那就是去西双版纳路上的景迈古茶山。

景迈芒景千年万亩古茶园，地处澜沧县惠民镇境内。澜沧县是全国唯一的拉祜族自治县，地处彩云之南，澜沧江西岸，因依澜沧江而得名，是茶树原产地之一也是普洱茶的故乡。有2.8万亩野生栽培型古茶树，有全世界迄今发现的年代最久远，面积最大最完好的人工栽培型古茶园——景迈芒景千年万亩古茶园，有全世界迄今发现的最古老的过渡型大茶树——富东邦崴千年古茶树，它们见证了茶树野生-驯化-规模化种植的发展历史……

澜沧县城充满了浓郁的拉祜风情，到处挂着“葫芦”，其实“葫芦”不仅是他们的房屋道路的点缀，更是他们不忘本的象征因为拉祜族认为他们的祖先是从葫芦里走出来的。拉祜族是古羌人的后代，从青藏高原迁来此地。澜沧居住着拉祜族、佤族、哈尼族、傈僳族等20多个少数民族。

其实，澜沧最出名的，是澜沧县邦崴村的“茶树王”，该大茶树的树龄距今已有千年，是野生型向人工栽培型过渡的古茶树，是目前世界上唯一活着的最大最古老的一棵过渡型古茶树，它的发现，破除了“中国没有古老大茶树和野生茶树”、“中国不是茶叶原生地”的说法。为纪念这一重大发现，1992年，国家邮电部门还发行了“邦崴古茶树邮票”。

千年万亩古茶山，景迈芒景千年万亩古茶园。这些古茶树已经有1800多年历史，被国内外茶叶专家形象地称为“活着的茶树博物馆”。

走进古茶山，一条清澈的河水，从景迈、芒景山脚下蜿蜒流向东南，它最终汇入澜沧江，流向西双版纳。

景迈、芒景是同一座山，山的北面以景迈村为中心，分布着几个傣族村寨；山的南面以芒景村为中心，住的都是布朗族村寨。我是从茶山入口的惠民小镇出发，直接驶入景迈大平掌古茶林的。一棵棵高于古茶树几倍的参天古树，像森林卫士一样伸张着茂盛的枝叶，保护着千年古茶树。历经千年风雨的古茶树，依然风姿绰约地摆着各种造型，曼妙无比。吸吮着空气中飘来的淡淡茶香，在茶林里悠闲散步，仿佛置身于人间仙境。尽管朋友曾提醒我到古茶山别忘了采一点“螃蟹脚”，特别珍贵，清热解毒降血脂血压功效奇好。但是，看着一朵朵清新美丽的茶花，看着古茶树身上鲜艳的寄生植物、翠绿苔藓，它们是一个多么和谐的大家庭啊。特别是森林中那些很多人叫不出名字的参天大树，我叫它“森林卫士”，如果没有它们的呵护，

景迈芒景千年万亩古茶园

中华普洱茶博览苑万亩茶园

会有这千年的茶林吗？我想起在大理无量山上，茶园老板为了给茶树遮阴种的千株樱花，更加敬佩这默默无闻的“森林卫士”，更不舍得下手攫取。是它们千百年的相依相偎，才为我们留下了世间罕见的千年古茶山，这是我们的国宝，还是不要碰它们吧，人类，不能太自私，自私会遭报应的。

下山路上，我们在糯干傣族村寨停留品茶，有寺庙的钟声远远飘来，我忽然想起了“一杯清茶邀月饮，对坐听香品佛音”的雅句，听香之妙，品茶之美，真感超然物外了。又想起中国的茶道，不仅需要一间茶室，更需有茶友共营意境之美，最好再有古筝弹奏《高山流水》一曲……此时，如果那个叫闫希军的老友在此该多好啊！与闫希军相识已十年有余，他本是做药的，天士力控股集团已经家喻户晓，没想到三年前他却在普洱成立了天士力帝泊洱生物茶集团有限公司，建立了天士力帝泊洱生物茶谷，短短三年，形成了集普洱茶种植、初制、发酵、提取、销售、科研、茶产业工业旅游等全程标准化的现代产业链。

在产业链的各环节，企业通过科研创新建立起核心技术优势，利用在传统中药现代化进程中积累的宝贵经验，把普洱茶从一个单一的农产品打造成了全面升级换代的高科技产品。

“千秋大业三杯酒，万丈红尘一壶茶”，喝茶只有两个动作，拿起和放下，人生又何尝不是这两个动作呢！

离开景迈的路上，我让司机放起天士力集团董事局主席闫希军作词的一首歌：

千年寂寞，风干成，一捏古茶，

谁能分清，哪里是，茶叶茶花。

秦砖汉瓦，泡开它，多少春夏；

……

就这样离开普洱了，虽然我很想去孟连那个母系遗迹寨子去看一看，据说那里依然保留着男子上门、女子当家的习俗，而且男子到女方

帝泊洱生物茶谷正门“水润茶清”景观建筑　白俪佳 摄

家后，不离婚是不能回娘家的。男子出生后就要穿耳洞，结婚以前，住在母亲家里，结婚后就要住到妻子家里，死后要归宗到自己母亲所属的氏族，且寿衣中须只穿“代”，而不能穿裤子，“代”就是自织的筒裙。真想去采访一下那穿着筒裙，戴着耳环，背着娃娃春米的男人，用中央电视台的话问一问他们：“你们幸福吗？”

还想去那“立竿不见影”的墨江去看一看，那里是太阳转身的地方，墨江在北回归线上，每年夏至这一天，太阳直射地球最北的位置，之后，太阳直射点将逐渐南移至南半球。另外，听说墨江双胞胎特别多。那里有一个双胞胎井，只要喝了井里的水，便会生出双胞胎，真的太神奇了，你信吗？每年5月国际双胞胎节，世界各国双胞胎相聚墨江，这一奇景，不是没有缘由的吧？

保山，在边城的记忆里拔节

不管是《滇西1944》《腾冲腾冲》还是《我的团长我的团》《国际大营救》……这一部部热播的电视剧，皆取材取景于滇西一个叫保山的地方。于是，保山，这片温润宁静的土地，被人们茶余饭后的讨论炒热了。有人说，旅行不仅是为了去看美景，更是为了去看一个地方的记忆。保山，这片闪烁过哀牢古国之辉，飘扬过永昌郡府之旗的土地，那隽永悠长的老歌，与马帮深深浅浅的蹄印、火山喷发出的岩浆，和顺古镇的百年商宅一起，组成一幅斑斓的历史长卷，满足着人们寻幽访古的记忆之旅。潞江坝是怒江大峡谷中熠熠生辉的明珠。怒江河谷和高黎贡山聚散依依形成的坝子，从怒江坝开始，便闯进了保山的腹地，永昌道是西南丝绸古道进入保山的必经之地，这决定了保山“国际交通枢纽”的地位。我国最古老的国际通商大道——蜀身毒道，抗战生命线——滇缅公路、史迪威公路都从这里穿过。

从云南唯一新石器时代的原始石刻艺术品——日月同辉的四瓣花，到3480年前的碳化稻米—料稻，从蒲缥塘子沟旧石器遗址到昌宁西汉铜

保山城

盆……我知道了这里就是滇西最早的原始民族“蒲缥人”的栖息地。永昌象耕图里明代一场战役擒获大象千余头的说明，打开了这个城市的人文之门，也打开了高黎贡山神奇迷幻的扉页。曾经，这里是林木葱茏彩云缭绕的泽国，曾经这里是珍禽异兽的天堂……从《华阳国志》和《后汉书》等史料记载中得知，这里“宜五谷桑蚕”“出铜铁铅锌”，人们由此对哀牢古国展开了奢华的想象。

哀牢古国、永昌郡府早已走进了时间的深处，怎么想象都是扑朔迷离，它们托举出的新城保山却是清晰地耀眼，可谓花团锦簇，流光溢彩。

保山其名源于太保山，出门就是山岚滋养过的开满鲜花的太保山，是保山人的福气。太保山位于保山城西，各主要入口都与城区街道相连。

明清时，保山便有“内八景”“外八景”之说，其中“内八景”的“六景”都在太保山上。即太保滴翠、法明晓钟、公园古荫、月明太保、龙池夜月、雁塔倒影。虽然“法明晓钟”已不知去向，1942年日本飞机炸毁了“公园古荫”的亭堂，但古树依然成荫，太保依然“滴翠”，“月明太保”是指太保山顶高旷平敞，明月当空，清辉皎澈，正如张若虚的《春江花月夜》所言“人生代代无穷已，江月年年望相似”。唯有“月明太保”是千古不变的相思台。

从太保山上远看保山城市观赏保山风貌是最完美的角度，保山格局方正。

很自然地会联想到她辉煌的历史，作为曾经“汉在西南方的基地”和“中国西南方与天竺、大秦等国通商大城市”，她曾经拥有一个显赫的称谓——“永昌”。

从前的保山城有“七十二条街，八十一条巷”的方正布局。

伟岸的高黎贡山是保山人的骨骼，绵长的大怒江是保山人的柔情。

登太保山印象最深的是武侯祠，保山城南有“诸葛台”“诸葛堰”等遗迹可证，而武侯南征并未到过保山，参观完武侯祠方知，诸多有关诸葛亮的遗迹，其真正的主人翁不是诸葛先生，而是他倚重的云南太守吕凯，吕凯乃吕不韦后裔……譬如，诸葛堰其实是吕凯为发展生产修筑的水利灌溉工程。

在太保山观城台，被誉为“滇西胜境”一城八门，每门皆有角楼、炮楼、钟鼓楼的古城已被“雨打风吹去”，只剩一仁寿门和一段古城墙

黄龙玉

孑然独立，但这足以满足我长了翅膀的想象。

永昌故都，国宝“永子”，却一代代传承延续着古城文化的魂魄。

保山，古称永昌，永昌有三宝，永子、料丝灯和玛瑙。其中永子名列榜首。永子始于明代，曾一度成为皇室上乘贡品，是古往今来举世公认的棋中圣品。永子异于任何围棋的天趣和灵性，是以保山特有的南红玛瑙、黄龙玉、翡翠和琥珀等天然原料烧制，用永子对弈，触子心舒，入手圆润。在永子博物馆，我抓起一颗永子在灯光下拍照，墨色的永子竟变成了一颗碧绿的翡翠，边闪翠环的皇冠。

保山温泉淹风流

青山关闭那道门，使我远离尘世的喧嚣，碧水打开这扇窗，让我拥有天地的苍茫。

保山温泉甲天下，保山大地上，100多处温泉，数以万计的泉眼、热气孔，处处喷珠溅玉，吐雾蒸云。

首先走进的是腾冲热海，进热海见到的是云蒸雾绕的大滚锅。那可不是你想象中的铁锅，是天然的喷泉，大滚锅96.6℃的温度，让泉水如浪花翻卷，热气似浮云白雾，蔚为壮观。“不须柴灶不须烧，天生地热好烹调”。大滚锅旁边，有人用地热蒸了鸡蛋叫卖，一排六个鸡蛋，用稻草串在一起蒸，这就是云南十八怪之“鸡蛋用草捆着卖”。刚买了一串鸡蛋还没吃，我又发现了云南另一怪“草帽当锅盖”，揭开锅盖，有香味袭来，原来，那“草帽”下是白白胖胖的馒头，让喜欢吃面食的我迫不及待地掏钱，分外得香。

到热海，不仅是要泡在温泉里享受树叶筛下的点点金色阳光，听流水如琴鸟如歌，更要去欣赏时间老人用泉水雕刻的泉华奇葩。各具情态的万古泉华让我流连忘返，瑰丽耀眼的珍珠泉，像珠光宝气的贵夫人，凝固的彩色“瀑布”让我惊叹大自然的油画不逊于山水画，而轰鸣不已的鼓鸣泉，则让我听到了来自大地深处的乐章……

昌宁境内的鸡飞温泉，因神话传说有金鸡飞出而得名，且奇峰叠翠，有泉状如塔、如笋、如桌如凳……最高水温可达86° C，“燠气熏蒸接太虚，净质微莹透石隙”，明《顺宁府志》曾这样描绘鸡飞温泉。

保山温泉名声在外的除了昌宁的鸡飞温泉和腾冲的热海以外，还有

腾冲热海大滚锅 王华沙 摄

腾冲热海一角

施甸县的石瓢温泉。因为石瓢的温泉水不仅可以泡，还可以喝。石瓢温泉在等子乡境内一清幽静谧的山谷中，因山谷中有一块天然凹陷酷似水瓢的石塘而得名。

处在亚热带河谷的石瓢温泉，四季草木繁茂如春，水温恒定在50-80℃之间。10多处大小不一的天然泉水，清澈透明，饮之甘甜可口，是保山唯一的纯碳酸泉。碳酸泉有独特的医疗保健作用，被人们喻为“心脏泉”、“不老丹”。

到保山，在大自然的清风美景中洗“凝脂”，是人间最惬意奢侈的享受。

保山还有很多可寻幽探秘的地方，如“核桃之乡”、“茶叶之乡”的昌宁县，也是山清水秀。而且保山还有传说中“猪八戒的故乡”，可惜时间紧没有去到。隆阳区板桥镇西庄村，八戒寺自古香火不断，这里因原来皆高姓人家，故原叫高老庄。现在还有八戒河、八戒地等化石级地名。高老庄之所以更名为西庄，也是为了纪念上门女婿猪八戒去“西天取经”的缘故。按当地人说法，猪八戒和高翠兰结婚在先，跟随唐僧西天取经在后。他在天宫调戏嫦娥被贬下凡，投胎成猪精，后与高翠兰成亲。成亲后好吃懒做的猪相显露，被高员外嫌弃，于是只好带翠兰到村后山岭居住，靠耕地为生。后来人们把他耕种过的地方叫“八戒地”，八戒庙就是在他耕作的土地上修建的，千百年来香火不断。庙前两棵古树，传说是八戒取经前和妻子翠兰共同栽种的，如今依旧枝繁叶茂。

游走在腾冲的时光碎影

在中国西南的一隅，有一人间仙境，是大自然和岁月涂抹的一幅画，只是这幅画是“栩然而活”的。这是美国作家美特福夫人的感受，也是我走在腾冲这片土地上的感受。

腾冲，南方古丝路上的最后驿站、边防重镇。古老而神秘的南方丝绸之路，跨越崇山峻岭迤逦而来，从这里向缅甸、印度、阿富汗等广阔地域延伸，因此历史学家称其为“极边第一城”。

腾冲是大地构造中熔炼出来的一块琥珀。这要感激亿万年前印度大陆和亚欧大陆在这里激烈的碰撞，让高黎贡山从海底一跃而起，气势非凡的它将五光十色的珊瑚海蚌高高晾晒在蔚蓝的天空下，给人类留下了最奢华神奇独特的自然景观。

火山——大地推开的窗

“她是活火山，只是在休眠，她已经睡了二十多万年，何时会醒来，要看她的心情。”

悄悄地，我来了。我是真的不想惊醒她——小空山，一座活火山。站在火山口向下望去，口底布满了各种文字、图案。导游告诉我这些都

腾冲火山群

是游人随意拼成的，因此一天一个样，保持最长久的是去年大家一起拼成的“四川，加油！”。我现在一眼看到的是“朋友”二字，看着这些民间艺术家的作品，我迫不及待地下到口底。这个火山口上部直径两百米，高六十米，底部直径六十米。

站在口底向上望去，有蓝天、白云，还有茂密的植被在和煦微风的吹拂下曼舞着，静静的，只听得到三两声鸟啼……一切都那么祥和，我甚至怀疑这里是否有过壮烈的火山喷发。我觉得她是外星游客留下的足迹，坑底那些游人字符就是与外星联络的暗语。我想我也应该留下些什么，想来想去，最终把我的心投影在这里——心是全世界通用的语言。于是我一边许下一个美丽的愿望一边用石头拼出一颗心。

“好个腾越州，十山九无头。”90多座保存完好的火山锥，各据地势，各有千秋，柱状的也好，锥状的也罢，是地球张望宇宙的窗口，也是地质学家了解地球的一册天书，谁能说得清，那在火山口争相怒放的杜鹃是大地的睫毛还是迎宾的花环。

和顺古镇——有人诗意的栖居

和顺古镇坐落于黑龙山麓，民居鳞次栉比，环列缓坡之上，绵延两千多米。村前一水环绕，水流平缓清澈，似古镇宁静的气质，沿河建有数座供人浣衣洗菜的洗衣亭，导游告诉我这是古镇出外闯荡的华侨，为在家守候的女人所建，遥望在洗衣亭下洗衣的姑娘，一缕凄美又温柔的情愫涌上心头，公益洗衣亭，应该也是世上最温柔的建筑吧，那些不能在身边为自己女人挡风遮雨的男人，用这样实实在在的载体表达着默默的关爱。

我仿佛看到一个女人的守望和一个男人孤独的背影，我想起弯楼子里的一副对联：

少小离家常思异域漂泊苦

白发归来备觉故乡岁月甜

这是弯楼子后裔八十二岁李盖生老先生的感怀，看了让人唏嘘。

人们把古镇比作画卷，是在赞美她，而我却在其中体味一丝感伤。周庄也好，湘西也罢，只剩下空空外壳和浓浓的商业气息，俨然一幅定格的市井图。而和顺，这座睡在茶马古道上的小镇，却仍有六千多居民在此生活，他们自顾自的生计，偶尔与游人聊聊天，除此不再打扰游人的闲逸。走在和顺，你绝不是在画中，而是蓦地闯进电影镜头……

蜿蜒如带的环村道，用火山石铺筑，喜欢想象的人走在上面难免浮想联翩，与环村道交接的各巷口，都建有半圆或扇形月台，月台边或置石栏，或设弧形照壁。台中则有古树遮阴，荫下置石桌石凳，供人们闲谈，观赏远山田园风光。

这个村庄是中国西部云南山里人的一个缩影，我慢慢踏着青石板路在夕阳晚风里抚摸感受斑驳陆离的老墙厚重的历史，用爱怜的目光温暖

腾冲和顺寸氏宗祠　柏联公司 摄

每一件古老精美的家具，苏州的刺绣，缅甸的藤椅，美国上世纪二三十年代的烤炉，日本久违了的擀面机，清朝的梳妆台，明朝的雕花大床，会同时出现在一个庭院里，原来这个村庄，一代一代男人总是在马帮的驼铃声里踏上征程，当然，他们驮回来的，远不止这些，还有达尔文，易卜生，赫胥黎的《天演论》，支持辛亥革命的银子，周璇的《夜上海》……20世纪中叶，这个镇在“家”的有5000多人，在“夷”的却有7000人，分布在二十多个国家。

马帮

和顺的建筑多为中西合璧，和顺的人传统又时尚。正像和顺一堵堵满是青苔的老墙上，却摇曳着一簇簇鲜活的小花……

和顺图书馆是不能不去的地方，它位于风景如画的双虹桥畔，是该镇华侨为振兴家乡文化于1928年集资创办的，图书馆占地1392平方米，为一片中西合璧的建筑群。

走进一间被称为“民间艺术馆”的二十多平的小屋，可以看到里面收藏的清代石版画的刻板，游人可以亲自刻下中意的版画，拿回家去。我当然不会错过这个机会。

三百多岁的刻板静静地睡在蓝染花布上，我轻轻地将它拿起，涂上浓浓的墨汁，阳光下，墨汁沾染过的地方，滋润如少女的唇。忽然觉得眼前的刻板像沉睡了百年的公主，被王子亲吻了，一瞬间醒来，光彩熠熠。

腾冲的美景还有很多，时间关系我不能再往前去了，回程的路上“种树引泉，买石得云”那副悬挂在古镇老宅里的楹联，散发着哲人的灵光，如高原的阳光照得我心里亮堂堂的。

到腾冲一定还要去国殇墓园，那里沉睡着我们的民族英雄。山之上，国有殇。

国殇墓园在腾冲县城西南叠水河畔小团坡下，是中国远征军二十集团军腾冲收复战阵亡将士的纪念陵园，辛亥革命元老、爱国人士李根源先生取楚辞《国殇》之篇名，题为国殇墓园。

在国殇墓园忠烈祠，我看到了蒋中正题的“河岳英灵”匾额；看到了国民党元老，大书法家于右任手书的“忠烈祠”匾额，忠烈祠后是一小山坡，坡体上小碑林立，碑下均藏有阵亡官兵骨灰罐，我数了数，阵亡将士题名碑石共9618人，风穿过松柏吹来，我听到了《战争安魂曲》的旋律，一鞠躬，再鞠躬……我真的好无能，想不出还能为你们做什么，看着二十集团军总司令何揆章的《腾冲会战概要》和“忠烈祠碑”等碑记，我想起了松山，松山上那块被人踩踏得看不出名字的纪念碑。那是师长熊绶春为陆军第八军第一百零三师抗战阵亡将士立的碑。

中国松山　宝地龙陵

松山坐落在龙陵县腊勐乡境内，龙陵有“滇西雨屏”的美誉。近几年金灿灿的“黄龙玉”在龙陵横空出世，让龙陵因宝玉而名扬天下……

金碧辉煌的美玉固然可爱，但不去凭吊烈士先贤于心不安。尽管到松山的路正在修缮中，又偏遇大雨刚过，车子是一路扭着秧歌蹦着迪来到松山脚下的，深沉的陪同李蓝儿放着萨克斯《回家》，正值端午，想想这些英雄再也不能回家了，想想他们的家人有的等待了几十年还不知道亲人为国捐躯。

滇西抗战遗迹—龙陵松山

松山战役遗址在腊勐乡大垭口村两侧的松山山顶一带，范围约4平方千米，东临怒江，西连龙陵，山高谷深，地势险要，松山突兀于怒江西岸，形如一座天然桥头堡，滇缅公路从滚龙坡经大垭口环绕松山蜿蜒至谷底，松山成为出入滇西地区的咽喉要地。登临主峰，怒江惠通桥和周围群山尽收眼底，炮火可控制方圆100千米地面和怒江打黑渡以北20千米江面。

终于上到松山滚龙坡战场遗址，我看到了地堡、战壕、弹坑，特别是那棵伤痕累累、千疮百孔却依然亭亭玉立的老树。抚摸着老树上一个个枪眼，我泪湿衣襟，我想起了那些身上带着伤疤，带着取不出的弹头的老兵，他们，有的生活还不如这棵树。

松山战役，是整个滇西抗战时间最长，规模最大的一次战役。中国远征军先后投入了12个步兵团，2个炮兵团，1个工兵营和美国空军等6万余人，经过大小战役上百次，最终歼灭日军3000多人，中国远征军阵亡

7600多人……

顺着小松山弯弯的山道向上爬，蓦然间被一尊尊栩栩如生的老兵雕像震撼了。雕像分为几个方阵，有将军方阵、娃娃兵方阵、炮兵方阵、女兵方阵、战马方阵……13个雕塑方阵占地17500平方米，那气势宏伟得让人肃然起敬，仿佛自己凛凛然成了其中的一员。

在这里，我看到了赫赫战功的戴安澜将军，看到了美军总司令史迪威将军，也看到了6岁参军，13岁牺牲时已有7年兵龄的娃娃兵李占江，这样的娃娃兵不少于1500人……最令我感动的，是雕塑家李春华还为28位在世老兵雕塑了一个特殊方阵。他说，他之所以这样做，不仅仅是要表现一种对普通士兵的关怀，更着重对在世老兵的关照。是的，不忘历史，不忘功臣，这是中华人民必需且固有的美德。虽然当年熊绶春师长为陆军第八军第一百零三师抗战阵亡将士立的碑因曾成为某个小学的阶梯，字迹已模糊，大部分的名字被人踩踏得已看不到一撇一捺，但是，现在它不是又被重新树立起来了吗?

离开松山时，有风穿过松林，有月映照山尖，我居然想起苏轼的那篇与战争毫不搭界的《前赤壁赋》："且夫天地之间，物各有主，苟非吾之所有，虽一毫而莫取。惟江上之清风，与山间之明月，耳得之而为声，目遇之而成色，取之无禁，用之不竭。是造物者之无尽藏也，而吾与子之所共适。"和平真好，可以想我所想，思我所思，愿天下永远和平，愿和平再也不要用将士的鲜血来换取。

澜沧江最乖的孩子
——临沧

临沧，因濒临澜沧江而得名，也是唯一跟着这条母亲河命名的城市。素有“东方多瑙河”之称的澜沧江畔很多城市都名声在外，大理、西双版纳、因茶易名的普洱，临沧却没有那么热闹，一直那么安静、低调。

澜沧江　王文林 摄

“蒹葭苍苍，白露为霜，所谓伊人，在水一方。”一到临沧，《诗经》中的这句诗就浮上我的心头。雨雾中，委婉的临沧，像一个不施脂粉的美人，又似一个参透生命的谦谦君子，袭一身隽永的身份临江而立：世界佤乡、天下茶仓、南方丝绸之路……，亚洲微电影节也悄然落户于此。那与恐龙同时代的董宗林、野芭蕉林、望天树，榕树林、野生古茶林摇曳着清悠的风……

生活，在春游中漫步

临沧的春天特别长，一件衬衫和一件外套，就可以在这里从夏潇洒到冬，这是一座惬意的“恒春之城”。老别山、邦马山是其原始秀美的脊梁，最高点永德大雪山海拔3429米，孟定清水河在海拔450米处清澈地流淌，北回归线横贯全境。蓝蓝的天空下，枝头起起落落的如果不是云不是花，一定是一树树的鹭鸶了。

在临沧街头，不期而遇黑珍珠般的佤族姑娘，婀娜着“S”形蛮腰，走路似跳舞，飞舞着黑瀑布般的长发，那黑瀑布里藏着她们的爱情。佤族是一个头发会跳舞的民族，也是一个流行梳头情的民族。如果黑珍珠般的佤族姑娘，愿意为你缠绵梳发，梳的

甩发舞　王文林　临沧市国家税务局

时间比其他人都长，那么说明她已经中意与你了。她们的笑声像珍珠四溅感染着你，惹得你不由地朝她们凝目。她们的黑皮肤，不像非洲人的黑，微微的黑中融入淡淡的古铜色和粉红色，闪动着健康的活力，魅力撩人，尤其令小伙子怦然心动。临沧生活的佤族人口占到了全国佤族人口的三分之二，还生活着傣族、拉祜族、布朗族等共23个少数民族。临沧人的脚步犹如春游，漫步其中，你会蓦然发现自己脚步是那样仓促和粗糙。

临沧是通往缅甸、东南亚重要门户，长达近300千米的国境线，安安静静绽放着美丽又神秘的边境风光。澜沧江在境内长达232千米的流程上，矗立着3座百万千瓦级的电站。江边的老树，缠着一圈圈神秘的白线，这是佤族人的神树，下车可赏风景，但不可冒犯神树。弥溢着茶香的湿润空气里，哀牢古国、古滇国和寸氏家族都已随着时光流去。然而，在沧源的深山密林里，一个佤族人的原始部落翁丁古寨，一脉相承着远古的生活……

黑色在这里璀璨

我们穿越千变万化的热带雨林南滚河景区，前往翁丁古寨。雨雾缭绕中，红椎、灯台树、见血封喉、箭竹等长得茂密葱茏。这片森林不仅珍稀树种达400多种，也是动物的王国，亚洲象、孟加拉虎、长臂猿和绿孔雀等悠闲溜达其间。不一会儿，我们打起车灯，唯恐无意之中撞到森林“主人”。密林中的小路越发幽深，一簇簇巨龙竹分外深情地摇曳在路旁，这是沧源独有的树种。当发现路边丫字形树桩上挂着牛头骷髅，当挂的牛头越来越多时，神秘的翁丁古寨到了。

佤族是“古濮人”的一个分支，佤族虽然人口少，但有自己积淀深厚的文化，信奉万物有灵的宗教。这里牛头是财富和兴旺的象征，也是祭祀的记号。云雾缭绕中，穿过挂满牛头骷髅的沧桑寨门，进入寨子。一个黑珍珠般的佤族姑娘把我们引向佤族的女神雕塑前，接着就把我们领进了木鼓房。佤族人不仅有专门的木鼓房、木鼓舞，还有木鼓节，这是佤族人最神圣隆重的节日之一了。佤族人的木鼓发出的声音，分公音和母音。音色高的是公音，音色低的是母音。虽然对这悠远的神音充满好奇，但我唯有悻悻然离去，木鼓是不可以随意敲的，可以说木鼓是佤文化的典型代表。

带领我们游览的黑珍珠是地道的古寨人，是这个寨子的导游，叫肖依嘎。佤族人是没有姓的，只有名。“依”是她在家里姊妹中的排行。家里的第一个女孩叫“叶”，若是男孩叫“艾”；第二个女孩则叫“依”，男孩则叫“泥”。我们随着黑珍珠穿行在檐前屋后的狭窄小道上，寨子里全是茅草竹木房，一种是两层的，叫马屁股房，底层是家禽的窝，上面住人。另一种房子比较低矮，叫鸡笼房。猪圈鸡窝气味一股股袭来，使人感受到最强烈的生活味道。鸡笼房是新婚夫妻的房子，一般要住上三年，才能盖两层的马屁股房。这是磨炼他们勤劳持家的三年，如果三年之后还不盖马屁股房，说明懒惰，他们就会被大家冷落。单身的老人一般也住在鸡笼房里，以方便日常行动。路边的萨拉房白天是招待所，晚上则是上演一幕幕梳头情的婚姻介绍所了。

茅棚下，一位老人朴实地笑着，露出的黑牙齿分外耀眼。黑亮的

拉祜打歌

牙齿，是爱美的老人在年轻时，用山上的草药精心染成的。佤族有一句谚语，“步调一致，我们才好一起跳舞；牙齿黑亮，我们才好一起说笑。”传统佤族人以黑为美，黑皮肤、黑头发、黑牙齿等，无处不在绽放着黑的魅力。佤族人为何如此看重黑色，或了知“黑”的秘密？黑色的土地是肥沃的象征，黎明前之“黧”黑则孕育着天空的希望……闪亮着黑牙齿的老人戴着大大的耳坠，大大的耳坠吊在大大的耳洞上。坠这么大不痛吗？我心生怜意地想，老人却是一脸的欣慰与开心。以前她们赶集的时候，就把钱放在耳环里，耳环还可以当钱包用。

神圣的寨桩伫立在寨子中间广场上，有点类似于我们的旗帜。据说，过去灾难战争发生时，寨桩引导保佑寨子里的人。青苔斑斑的石头小路两旁，散长着一些蔬菜。在小路上，我们还遇到肖依嘎的一个亲戚，正背着小孩拿着竹竿够树上果子。在古寨里，很多人家都有着血缘关系。翁丁不仅保留原始的建筑，也沿袭着古老的生活习俗，如今依然是父系氏族的头人制。寨主和寨主夫人正站在自家木楼梯上。寨主夫人长得很雍容，有一种不可冒犯的美，悠悠地叼着一根烟斗。一身黑衣的寨主脸上真诚的微笑，抹去了我对头人的畏惧感。试想吧，置身在牛头骷髅高高挂的村寨，尤其那丫字树枝上挂的曾是人头骷髅，人头祭1957年才被彻底废除，这寨主的转念举手之间会发生什么？不过眼前的寨主甚至有点像一位儒雅的老人，他把火塘上煮好的苦茶倒入小碗，先“滴茶”，用佤语说道：“一片茶叶代表一座山，一滴茶水代表一条河，我们的山水欢迎你们……”。

在佤王府内饮着佤族水酒，吃着佤族的鸡肉烂饭，我还学会了一句“兰珠布让”，意思是祝你长命百岁。当然，这只是一份美好祝愿。佤族人死后，其墓地不是死者生前选，也不是后人选的，而是由滚鸡蛋决定。鸡蛋抛出，在哪个地方破了，就把过世的人埋葬在哪里。如果鸡蛋不破，则继续抛。行走在古寨里，不经意间会遇到一种树，安静地开着一种花，宛如鸡蛋黄自中央向着花沿绽放，被形象地叫做鸡蛋花。鸡蛋的意义何在，这个世界究竟是蛋生了鸡，还是鸡生了蛋？这个哲学悬念在佤族村寨里或被思考着，或在行为中践行着。

佤族人的节日很多，取新火，新米节，播种节等，而崇尚黑的佤族人“摸你黑”狂欢节，则是一把将世界拉回到了玩泥巴的肆意童年时光。

“摸你黑”，闯入童年狂欢

钻出原始村寨，驱车穿行山林两个小时，就到了现代时尚小城沧源。沧源是中国仅有的两个佤族自治县之一，每年的5月1日到4日，时尚小城变成了一个黑色狂欢的海洋。不分老少男女，大家孩子般欢腾、奔跑在黑色海洋里，相互涂抹、祝福，“摸你黑，摸你黑，摸黑一脸，幸福一年；抹黑一身，幸福一生”，这堪比巴西式的狂欢节，大家抛下矜持、抛下克制，摒弃肤色、语言的差异，撒野在孩子般的狂欢里。

一个佤族小伙子说，他小时候晚上出门，奶奶总会在他额头摸上点“锅烟子”，这样在夜路上灵魂才安全，不会被鬼怪劫走。摸你黑活动即源于佤族民间用锅底灰、牛血、泥土涂抹在额头，以求驱邪保平安的习俗。“摸你黑”是佤族音译，意思是“就是这样了！”摸你黑中用的摸料，是一种纯天然的防晒、美容、养颜品。在佤语传说中是可以起死回生的神药“娘布洛”，又被称为“不死草”，“摸给老人，健康长寿，摸给小孩，茁壮成长，摸给姑娘漂亮，摸给小伙子帅气……”一个个成了幸福的小泥人，绽放着浑身的黑泥巴。

临沧沧源摸你黑狂欢节　尹绍平 摄

摸你黑是云南十大民族节日之一，也是世界上参与人数最多的接触类狂欢节之一。摸你黑活动中，谁被摸得最黑，谁最美。除了摸你黑佤族传统的祭牛魂、剽牛、斗牛，还有大型鼓乐歌演出等文艺活动，令每一个人酣畅在浓浓的佤族文化大餐中，荡漾在原始与时尚的交融里。

崖壁上的千年生活

沧源崖画位于沧源耿马境内。在茂密的山林中，我小心翼翼沿着生满青苔的台阶蜿蜒而上。如果说是走进崖画，不如说是脚下的累累青苔正将我带到3000多年前佤人祖先的跟前。如果说生命是一段生生不息的密语，这些崖画又替生命传递着怎样的秘密？

沧源崖画一号点崖画　吴军 摄

崖画绘制在石灰岩上，这些岩石或内倾或垂直。狩猎、舞蹈、战争、采集、村寨等，用天然颜料刻画在崖壁上的生活，用一条线代表路，图解、示意处理空间，剪影式的图形描绘。崖画中有些房子和人是倒立的，给人一种立体感。据说，这是目前发现的石器时代具有立体感的唯一崖画。佤族人与木鼓关系非常久远，沧源崖画中出现了木鼓。崖画中神秘的四个手印，实手印和空白模手印究竟寓意着什么？我仿佛望到那佤人祖先躬身弯腰站在这石头纸前，蘸着用赤铁矿粉和动物血调制的天然颜料，全神贯注地涂画着，这是他们留给后人最珍贵的遗产吧。沧源崖画遍布在沧源500多平方千米的峡谷地带，有17处之多，图形1100多个，是中国崖画艺术里一朵瑰丽的奇葩。自1965年被发现以来蜚声海内外，引起专家学者高度关注。

古人的生活荡漾在崖石上，映照着我们的生活和艺术。在两相对照中，我似乎聆听到了生活发芽、拔节声。

古意乡村

傣族手工造纸技艺被誉为中国造纸技艺的活化石，耿马县孟定镇的芒团村是这活化石的传承点。前往芒团村的路，藏在横断山脉的山中，山深而不高，留有天空的开阔，尽管穿行在深山中却又有着开阔之感，很奇妙的感觉。

金色的佛塔，古老粗大的菠萝蜜树，守护在村口。入村，一个小伙子正用自己制造的纸抄写经文。清澈的小河边，几个村民正在认真地浸泡造纸用的树皮。这是早期工序了，造纸要经过浸泡、蒸煮、掏浆、抄纸、晾晒5个流程，11道工序。我们走进了玉勐嘎（刀桂英）的家，这是一家延续了600多年的家庭作坊，自1384就开始造纸了。我们在造纸体验坊内，亲自做了自己的第一张纸。在造纸姑娘的传授下，我根据手感揪起一片纸分量的纸浆，随后放入水中拍打着纸浆，一直拍均匀，再选几片喜欢的新花瓣，在上面自由创作画面，点缀成手工茶纸的标志……每一步都是心的把握，直接、简单，又快乐着。最后取出端到太阳下，交

翁丁寨

给太阳晒干。芒团村每家院子里都晒着辣木叶，辣木是与西洋参、灵芝并称的世界三宝。新摘的辣木叶更是好吃，中午在地道的傣族餐桌上，我不仅第一次品尝到这道菜，还吃了几只大大的蟋蟀。傣族的祖先是原始森林培养出的美食大师，没有不敢吃、不会吃的，烧烤尤其多一些，各种菜都用芭蕉叶托着。傣族人有从小文身的习惯的，文一些咒语。傣族人也没有姓，只有名。而且也是男孩女孩各自排的，前面是排行，后面一个字才是名。村子里，摇曳着各种热带水果树，芒果、火龙果、香蕉等。我恋恋不舍地离开造纸人古老勤劳的背影，离开我造的第一张纸，不知何处会相遇。

在碗窑土陶文化村里，我卷起袖子又玩起泥巴。不过，这次不同“摸你黑”，要遵守规范，同时又要把握准手感度。泥巴又黏又软，师傅说这泥巴可是比护手霜还好呢。师傅动作很快，蹬几脚轮子，转上几转，一只碗就从手里冒出来了，而我的却变成一个歪花盆。以前，烧制好的锅盆坛罐，骡背马驮卖往保山、大理、普洱等地，如今销地就更远了。

南美拉祜古村位于海拔2000米的山上。在前往南美的路上，我和同行的朋友被路边卖的两元一斤的李子，四元一斤芒果和桃子填满了肚子和包裹，这纯生态水果不仅新鲜，而且价格实惠，吃了这李子才算是知道了李子的味道竟然这么甜！拉祜族是一个古老的民族，“拉祜”为拉祜语的译音，“拉”为虎，“祜”为火烤，意为用火烤食虎肉的民族。当然现在老虎是不能烤了，但毫无疑问这是一个勇敢的民族。他们源于甘肃、青海一带的古羌人，500多年前，为追逐一只马鹿到达临沧。依山而建的南美拉祜古村清泉涌动，风光秀美，最多姿的要属芭蕉树。在一次和其他民族战乱中，一片野芭蕉林救下了他们，这是他们的神树。村寨干栏式的木掌楼，以木为桩，竹笆为墙，屋顶用木片和茅草铺盖。一个戴着藤篾首饰的拉祜女人在自家门前纺织，屋里屋外的生活用具，都是木制品、竹编制品，一个小男孩子在旁边和狗玩耍。拉祜族小孩子的属相很有意思，是他们来到这个世界遇到的第一个动物，不管是鸡鸭狗，遇到什么，就是他的属相了。每年的农历四月第一个属龙日，是他们传统节日搭桥节，多个村寨的人穿着盛装聚集河边，在一位德高望重的摩巴主持祭拜下，齐心换旧桥搭新桥。如今，这新桥就在我的脚下，送我循茶香而去。

悠长的茶香

在临沧，一垄垄的茶田在山间逶迤盘旋，野生古茶树成片成林。

有道是“昔归为王，冰岛为后”。冰岛茶为代表的勐库大叶种茶是普洱茶的精品。不过一提到普洱茶，首先想到的是普洱。其实，普洱虽也种茶，更本色的身份却是普洱茶集散地。普洱茶最重要的茶源，就是版纳、临沧。

采茶俐侎姑娘　王文林 摄

千年野生古茶树王

山间湿漉漉的空气携着绿意的茶香和时光，拉得那么淡定、悠长。在凤庆，人站在一棵3200多年的古茶树前，剩下的唯有感动。这岂是一棵树，以图腾的姿态生长在这片土地上，多少尘世之人被它浸润过。在凤庆石洞寺，我专门去探望了一棵有着美丽名字的古茶树“九蕊十八瓣”。在佛香的沐浴下，在凤庆洞泾古乐的伴奏下，这清妙的茶香，自多了一丝别样的禅香。

“晴时早晚遍地雾，阴雨成天满山云”，这是世界赫赫有名的“滇红”故乡临沧独有的气候，正是这种气候了滇红袅袅茶香中，非凡的品质。

在临沧如果有人问起你茶祖，你

说神农提陆羽，他们都会摇头。因为这边的茶祖是诸葛亮。而遇到的每一个佤族人都会告诉你，我是从司岗里走出来的阿佤人的后代。佤文化也被称为“司岗里”文化，在司岗里创世传说里，沧源山里有个司岗里山洞，洞中长出了一个葫芦，天上飞来一只鸟，啄开了司岗里葫芦，于是这葫芦里，这司岗里洞中，走出了佤族、拉祜族、布朗族……走出了人类，个个都是亲兄弟，一个个到各地安居乐业。司岗里是家，是根，也是魂，神秘的司岗里，诞生人类的圣地深藏着怎样的秘密，下一次来，我一定要走进你。

德宏，在流淌的翡翠上寻找爱情

瑞丽口岸

德宏素有“孔雀之乡”的美誉，如一块绿翡翠，镶嵌在中国陆地连接着东南亚、南亚，和通往印度洋的便捷通道上。

传说公元前6世纪初，傣族就在瑞丽江河谷建立了部落联盟。公元前122年，张骞出使西域探寻到的“滇越乘象国”即指德宏和缅甸的部分地区。从已发掘出的雷允遗址看，其城壕是依据大象的轮廓挖凿而成的。公元前558年，孟卯果占壁王国建立，前后历900多年。其后历经多个王朝，至今德宏仍遗留十多处古王城遗址，诉说着灿烂的辉煌。

德宏三面与缅甸接壤，在一个芒果、菠萝蜜飘香的坝子里，两个国家，五个城市水乳交融，构成了奇特的东南亚异域人文地理景观。

来自亚热带的绿宝石——瑞丽

在中国从来没有一个县城向瑞丽这么热，如同潜伏已久的火山在瞬间喷发，瑞丽就是在一夜之间如脱俗之少女横空出世，广为人知的。

瑞丽地处云南省西部，是一个以傣族、景颇族为主的边境城市，是通向东南亚、南亚的重要门户，是西南沿边开发开放的国际商贸城市，是一座著名的旅游城市。其中，一寨两国、一院两国、一井两国、一街两国、一桥两国的独特景观，让人目不暇接。

瑞丽是古代滇越乘象国、勐卯果占璧王国、麓川王国三个王国的国都，是古代西南丝路的重要通道。瑞丽地名的来源，一说是因瑞丽江而得名；另一说是因世代居住在此的居民认为，这是一个祥瑞美丽的地方而得名。当地傣语称瑞丽为“勐卯”，意思是雾蒙蒙的地方。

瑞丽历史悠久，根据史籍记载，早在公元前，勐卯果占璧王国就在瑞丽建立。秦汉时属哀牢国，唐代属于永昌，宋隶属于大理腾越府，元设立麓川路军民总管，明置平缅宣慰使，清为勐卯安慰使，隶属腾越厅，民国设立治局。在中国拥有如此显赫历史的县城屈指可数。

一寨两国水井　邵元武 摄

人人都会哼唱施光南的这首《月光下的凤尾竹》，尤其是黑鸭子组合更是将这首歌演绎得婉转、流畅、韵味十足，

一寨两国彩虹　李鹏 摄

殊不知凤尾竹就是瑞丽特有的产品。诗人们曾这样写道："太阳从金色的田野，把笑声追赶到大瑞丽江畔。美，变成彩色的波浪，浑身透明闪亮。""瑞丽江，美丽的江，漫天红霞醉倒在江面上，一江碧水浸绿了凤尾竹的衣裳。你用悠悠情丝，牵来朝霞夕阳，激起五彩的水花，荡出凤尾竹七彩的波浪。"智慧的瑞丽人民用凤尾竹掀起的悠悠情歌，来表达男女的爱慕之情，难怪有众多的红尘陌客纷纷来瑞丽寻求一场凤尾竹般的奇恋。

当然最令人期待的是瑞丽的玉，"玉出云南，玉在瑞丽"就是明证。从古至金，玉一直是中华民族的精神象征，不管其出之那里，它从来都不改其孤寂而恒久的光芒。目前瑞丽已形成拥有珠宝加工厂400多家、珠宝销售店铺6000多间、成品交易经营户达5000多家的全新发展格局。瑞丽——东方珠宝城，将成为一个国际一流的珠宝产业市场。

在瑞丽，无论是生机活现的春夏，还是寂寂温和的秋冬，我们都无法找到四季颜色的变化，唯一的方法便是翻看陈黄的日历，从而感受四季的变化。在瑞丽，你睁开眼睛就能望见生机的翠绿和蓝天白云，闭上眼，就能听到溪泉流水和林间的鸟鸣伴奏出的活力不息。当你坐在漂移的竹筏上，放眼而望，你会看到一个被怀疑的自然山水景色，这山、这水、这鸟鸣……究竟是真的吗？更多的仍是优美的鸟鸣唤来芦苇丛丛或弯弯江水，能让一个似梦的仙境带来一天美好的心情。也让我更深切地了解瑞丽这座传奇城市生命体温的异样。

荡在秋千上的边境

银井寨，坐落在瑞丽市姐相乡中缅边境71号界牌旁，是一个典型的跨国村寨，构成了独特的跨国景观。

寨中的国境线以竹篱、村道、水道、土埂为界，两寨相连，而又分属于两个国家，因此有“一寨两国”的说法。

国境线将整个村寨一分为二，中国一侧的被称为银井，傣语为“吃饱穿暖的地方”。缅甸一侧的被称为芒秀，意为“傣族的聚居地”。两地语言相同、习俗相同、相互通婚、同走一条路、共饮一江水、同赶一场集，和睦相处、世代相袭。

“我住江之头，君住江之尾，彼此情无限，共饮一江水。”这是陈毅元帅当年写的诗句，当初我看时有些不解其意，怎么能这么套用古人的诗句呢。如今，来到这里，来到银井寨，我才明白，只有这样的诗句

竹影精灵　龙旦城 摄

才是最贴切的、最能表现中缅两国情谊的。

一条中国的瓜藤顺着墙根爬到缅甸的竹篱上开花了，估计果实会结到缅甸。一只鸡昂首出国了，寨里的人告诉我可能是到缅甸的芒秀串门，或者是到芒秀下蛋了。一只牛从对面昂首走来饮水，寨里人说这片水应该属于银井寨，这位来访的牛从来都不打招呼，不需要任何通关文书，渴了就来喝水，可真是牛啊。

在“一寨两国”荡秋千，朋友说我用一下劲你就晃荡到国外，做了一次免费、短暂的跨国旅行。虽然是玩笑，但的确荡秋千到最远处，就会在不经意间越过边境线，因此朋友的话并不为虚。我荡了几次，也就免费出了几次国，这种出国无须烦琐的程序、困顿的舟车劳顿，是最轻松、愉悦、自然的出国旅行了。

多彩盈江

盈江地处云南西南部、德宏州西北部，是一个山川秀美、资源丰富，区位独特、开发潜力巨大、后发优势突出的边疆少数民族口岸县……

盈江县境西、西北、西南三面与缅甸接壤，是德宏州国境线最长的县，有214.6千米国境线，自古就是南方“丝绸之路”出口通关的重要通道，秦代“蜀身毒道”的主要出口之一，比西北“丝绸之路”要早数百年，是内地通往缅甸、印巴各国的主要商道。

盈江县位于喜马拉雅山延伸横断山脉的西南端，为高黎贡山南延支系西南余脉构成的山地地势，东北高，西南低，山脉，河流基本是从东北下西南走向，低山与宽谷盆地交错相间，呈“两山夹一坝一河”的地

盈江风光　钱明富 摄

貌景观。光、热、水、气条件较好，适宜各种动植物的生长繁殖，非常适宜发展农业，是远近闻名的“粮蔗之乡”。

特殊的地理环境和独特的气候特征孕育了大盈江两岸神奇美丽的自然景观，有国家级风景游名胜区大盈江风光，有独树成林的奇观“亚洲榕树王”，有人工高山湖凯邦亚湖等著名景区景点。有明代上四关和万象城遗址，震惊中外的“马嘉理事件”发生地，有中国同盟会会员、傣族民主革命先驱刀安仁先生的故居，有中国“橡胶母树”等人文景观。同时，盈江也是少数民族特有剧种“傣剧”的发源地，有独一无二的傣族“光邦”舞，有展现傣族文化独特风韵的允燕佛塔，傣族、景颇族、傈僳族风土人情、饮食文化，风光同民俗相互凝合，自然与人文和谐统一，成为了盈江旅游资源的重要看点。

在盈江，每一处都是美景，每一刻都如诗如画，每一次的发现都令游人为之惊叹，为之欢呼雀跃……

美丽的黄草坝——诗蜜娃底

无论身处何处，那些流淌着的优美风光，总会让人放下重负，放下羁绊，放下自己，与自然融为一体。诗蜜娃底就是一个让心灵接受沐浴的地方。

诗蜜娃底是傈僳族语，意思是美丽的黄草坝。诗蜜娃底海拔一千多米，面积约2平方千米，这里植被保护完好，曾是2800多亩的原始老林，经过历史的变迁与岁月的磨砺，形成了今天美丽奇特的高山草原风光，是人们神往的“天然森林公园”。

如诗一样名字的黄草坝，是云的故乡、雾的源头。这里空气清新、

黄草坝 钱明富 摄

两面山高水长，青山绿草、野花遍地、鸟声清脆柔美、蜿蜒的小河、洁净的流水、神奇的古石；蜜蜂自由自在地采花酿蜜、并在老树洞安家繁衍；千奇百怪的参天古树、似天人合一、如世外桃源……穿流于其间清澈透明的溪流、给整个坝子注入了灵魂、产生了灵感，仿佛向游人诉说着沧桑的历史，将人们的思绪带到了悠悠远古。

穿行在诗蜜娃底，柔柔的山风拂在脸上，总有一种暖暖的感动。诗蜜娃底也许是国内最自然、最真实、最温馨、最人文的景观，一切都是如此率性、本真、自然，没有丝毫的人为造作。身边总会有成群的马牛出现，它们时而低头吃草，时而侧目凝视，时而追逐嬉戏，不像内蒙古草原上恣肆汪洋的牛马群，这里充满了悠闲、恬静、舒适、自然。旁边，秀美的山林也是如此的闲适，静静地安卧着，似踱步归来的男子，懒洋洋地躺着，身边流水发出葫芦丝般的声音，在温柔阳光的抚摸下，与牛马群构成了一幅幅“圣洁的牧歌”图画。

在日益浮躁、日益物化的今天，美丽悠闲的诗蜜娃底就像镶嵌在彩云大地上的一块柔和的巧克力奶糖，充满着温馨、诱人的光泽，并铺陈开来，年复一年，日复一日地变幻着无限的美丽。

中国第一榕树王

榕树在盈江是一道独特的风景。无数枝繁叶茂、千姿百态的榕树遍部盈江各地，无论山山坝坝、村村寨寨，道旁路口都有榕树，人们视榕树为神树，只种不砍，形成了盈江的一大特色风光。

位于盈江那邦镇刀弄寨后山上的一棵大榕树，因其树龄长，树干粗

榕树之王 钱明富 摄

壮，树冠覆盖面积之大，被誉为“中国第一榕树王”。

根据有关科学考证，榕树王树龄已达千年以上，树冠覆盖面积12.3亩，气根近300根，已入土长成的新树干就有168根，是我国已发现的最大榕树。独树成林的神奇，在中华堪称一绝。

榕树王根生树，树生根，盘根错节，枝繁叶茂，遮天蔽日，撑起好大一片天，数十人也合抱不过来。主干上布满了块状根系，如山脉、似峡谷，千沟万壑、波澜壮阔；那巨大的树冠，像一把巨伞，伸向苍穹；粗大的树干上抛散出一束束气根，如一条条巨蟒，把头深深地扎进泥土之中。在树下穿行，就好像在原始森林中遨游。

漫步榕树下，人的渺小和树的伟岸，真是无可比拟。我盘桓在它的浓荫下，努力高昂着头，想窥视到绿荫外的世界。透过斑驳的树隙，我只看见一小块不太明朗的天空，在阳光的照射下变幻着色泽，一会儿蓝，一会儿紫，一会儿又如水波荡漾般，在一阵闪烁之后变得更加色彩斑斓、模糊不清了。那一刻，我多希望自己能变成一只会唱歌的翠鸟，伏在大榕树上筑巢安家。我要每天给榕树唱一首歌，请求榕树王为我讲述千百年来滇西的风雨沧桑，讲述那些人与自然和谐共存的美丽传说，那些优美动人、感天动地的爱情故事……

榕树通常被视为长寿、吉祥和富贵的象征。当地傣族、景颇族等民族都喜爱和敬奉榕树，将榕树王奉为神树和佛树，逢年过节都要到树下祭祀，以祈求人畜安康，风调雨顺，五谷丰登。漫步在榕树王下，你也会发现榕树上随风飘动着的根根红绳。其实，榕树也被作为纯洁爱情的象征，恋人可在榕树王的气根上系红绳以铭记爱情。也是，榕树那恣肆汪洋的生命力不也是爱情生生不息的象征吗？

“太阳当顶的地方”——畹町

太阳当顶的地方，也是荣耀环绕的地方。

畹町是一座抗战名镇、外交名镇、商贸名镇，同时还是一座多元化的名镇。这里有不平常的历史、一段中国人可以骄傲的历史。

在上世纪40年代，云南的著名口岸就是畹町，这里是滇缅公路中国段的起点，同时也是始于上海的320国道的终点（不过现在320国道从这里再向东延伸到瑞丽口岸止）。1942年，十万远征军由此入缅作战，谱写了世界反法西斯战争的辉煌篇章。1942年 5 月 3 日，日寇铁蹄踏过

畹町九谷桥侧影

畹町桥，滇西大片土地随之沦陷。1945年 1 月，滇西抗战大反攻枪声响彻黑山门上空，中国远征军一举将日寇逐出国门，首开中国抗战胜利、光复国土之先河。一寸山河一寸血，十万青年十万军。所有为了民族解放、抵御外侮而做出牺牲的勇士都应超越政治而被铭记。

在炽烈的阳光下我们站在畹町边境中国这一边，只见一座充满历史沧桑感的木板铺就、仅能容一车通行的小桥静卧在畹町河上，还有一座纪念碑，上刻“滇缅中印（史迪威）公路的交汇点”，标题下面刻写有建造该路的概况。与它紧挨着的是一座双车道的斜拉桥，桥边的石墙上写着“畹町—九谷桥”，桥中间画有红色的线条标志着中缅的分界线，这桥是两国民众来往的通道。两国鸡犬相闻，边民自由往来，友好互市，甚至结亲联姻，这给畹町增添了几分独特的风韵。

注视畹町桥，我能看到二战历史中勇敢战士汗颜血溅畹町桥的印迹。再细看，我仿佛感受到了那些勇士扛枪推炮，汗水滴落在钢架铁骨上的锈蚀痕迹。那些锈蚀斑痕的深浅大小，是勇士们汗水溅落在刚架桥上的力度与面积，如同枪炮弹片破击纹理，留下的，是今日缅怀勇士的足迹。

岁月如歌，当年历史的烟火，让后来的缅怀者轻轻触摸，深切的怀念让很多人把脸贴近了锈蚀的铁桥。他们说，只有这样才能真实地感受历史的味道，感受那些战士流血至死的过程。我将自己的身体轻轻依靠在钢桥上，想用自己的体温去唤醒那些冻僵的战魂。因为他们是我们的亲人，没有他们，抗战的历史不会如此丰富；没有他们，畹町桥不会有如此锈蚀斑斓的暗红色；没有他们，今日的畹町桥不会有这样的厚重与深沉。

今天，畹町则以国家级口岸示人，更以十里青山半入城的秀美，抒写着全国最小的城市，云南十大名镇的独特魅力。1992年，国务院批准畹町为沿边开放城市；同年批准为国家经济合作区。1999年1月1日，国务院批准撤销畹町市，将其行政区域并入瑞丽市。2006年8月27日，畹町荣获“云南十大魅力名镇”的称号，颁奖辞为：由于中华文化与异国文化、汉文化与少数民族的交融汇集，畹町的规划、建筑风格、生活方式、小镇文化，无不体现独特的民族性、历史性、开放性和包容性。

畹町，作为袖珍城市，由于70多年前的滇西抗战，一举成名，且名扬千里。可以想象，凯而旋之，国而门之，其特定的双重含义，注定它

瑞丽中缅胞波节大象表演　尹绍平 摄

瑞丽中缅胞波节牛车选美大赛　尹绍平 摄

成为中国抗日历史名镇。由此，“太阳当顶的地方”将永远将闪耀在南国。

神奇的树包塔

有一种爱叫做放手，凸显爱的豁达、洒脱和理智；有一种爱叫做生死相守，凸显爱的炽热、真诚和无怨无悔。我们为前一种爱叫好，更为后一种爱点赞！

在德宏的潞西、瑞丽、盈江等都有一相同奇观“树包塔”，我被菩提树和佛塔百年相恋的神奇感动！

树塔相恋的神奇，在树，在那棵枝繁叶茂的百年古树，在那棵深藏佛家意蕴的菩提树。记得六祖惠能曾云“菩提本无树，明镜亦非台，本来无一物，何处惹尘埃”。菩提树因六祖的偈语，也便有了一种浓郁的佛家色彩而神奇四溢。

更令人感到神奇的是，一棵充满佛家气息的树，竟然生长在一座佛塔上。

据史料记载，清乾隆五十三年，即公元1788年，第十七世土司放愈著为纪念战争的胜利而在姐列寨修建了一座塔，距今两百多年了。如今塔顶的菩提树龄已达214年，树高30余米，树冠覆盖面积达1000平方米。

此塔，傣语称为“广姆姐列”（汉语意为铁城佛塔），后于清道光年间、民国年间、1985年三次重修。

或许，每一个看到树塔相恋的人都会发出疑问，他们是如何相恋的呢？

树包塔在傣族，被称为爱情塔。相传清朝年间，皇上在民间选美，选中了姐列寨美丽的罕伦姑娘。可罕伦姑娘已经有了心上人岩吞。罕伦入选后万分焦急，连忙用榕树叶修书一封，让自己饲养的鹦鹉捎给在边关征战的岩吞。岩吞接到树叶信后，连夜返回家乡。等他赶到姐列寨时，罕伦姑娘被逼无奈，已经跳水自杀，村民正在为她举行葬礼。岩吞见状，悲痛万分，便拔刀自刎。乡亲们被他俩的爱情深深感动，于是将他俩合墓而葬，并在坟上修建了一座爱情塔。

树包塔

鹦鹉失去了主人，天天飞到塔上啼鸣。它衔来一颗菩提树种子，播在塔缝里，天长日久，菩提树生根发芽，慢慢长大，于是形成了今日的树塔相互缠绕厮守的树包塔。这个传说，流传在每一座树包塔的周边。

这里固然寄托着美好的民间传说，据考证，其真实的故事是，一棵菩提树种被小鸟叼到佛塔缝隙，或是被一阵风吹到佛塔缝隙，然后种子生根发芽；这个时期是塔包树，年幼的菩提树为寻求丰富的营养，把根系深深地往下扎，扎进了塔基，扎进了大地。历经百年，种子长成了大树，大树被佛塔的爱意包围；塔没有长大，而菩提树一天天长大。为报答佛塔的知遇之恩，就长出许多气根来，又历经百年，三十余米高，覆盖近千平方米的大树，像千手观音般，用真情回报，将佛塔紧紧拥抱，为它遮阳、挡风、避雨，形成了浑然一体的树包塔。

如今的树包塔，树包着塔，塔拥着树；塔中有树，树中有塔；树就是塔，塔就是树，就像那个凄美的爱情故事般，树包塔——用永恒的厮守弹奏着人间的绵绵爱恋。

怒江，悬挂在峡谷里的人间

在人们印象中，怒江大峡谷代表的是僻远、莽荒、瘴雨，是一个人间之外陌生神秘的人间，西方探险家把它称之为“隐没之地”。怒江从青藏高原唐古拉山出发，携带着天空的蓝、雪域的光芒，裹携着湍急的水流，劈山破石一路向南，以水的力量在高黎贡山和碧罗雪山之间开凿出一条高山深谷，是一条仅次于雅鲁藏布江大峡谷和美国科罗拉多大峡谷的“世界第三大峡谷”。

怒江大峡谷悬天而垂，最高点是海拔5218米高黎贡山主峰嘎哇嘎普，两岸山岩均在3000米以上，坡度均在25度以上，全长316千米，最低海拔为738米。怒江州各族人民依峡谷而居，泸水县、福贡县和贡山怒族独龙族自治县，沿着怒江大峡谷而挂；兰坪白族普米族自治县依澜沧江更近一些，挂在世界奇观“三江并流”金沙江、澜沧江和怒江的腹部。怒江州全称是怒江傈僳族自治州，除汉族外，生活着傈僳族、怒族、独龙族、白族等12个少数民族。

怒江又称潞江，上游藏语叫“那曲河”，进入缅甸更名萨尔温江

怒江峡谷风光

奔入印度洋。这一条天空和大海的秘密脐带，是第四纪冰川活动时期原始生物的避难所，是世界物种基因库，是动植物的王国……大自然的天水神山怒江、独龙江、澜沧江和担打力卡山、高黎贡山、碧罗雪山、云岭，在中国西南边陲留守着地球怎样的原始童话？怒江渐入世人视线，还是明朝洪武年间，朝廷诰封土司负责怒江的守疆护民军政要务之后。此后的五百多年的时间里，怒江在世代承袭的土司统管之下。新中国成立后，怒江从原始社会一步跃入社会主义社会。在中国存亡的关键时刻，怒江的名字也曾像绚烂的流星划过，中国远征军和这条遗世独行的江共同守住了国家最后的防线，让日寇的魔爪不能越雷池一步。1944年5月，近二十万大军强渡怒江开始了民族史上洗刷耻辱的战略反攻。此后，在世人视线之外，怒江以平均每年1.6倍于黄河的水量，奔腾在崇山峻岭之间。

西藏通火车、飞机，四面八方都能去西藏；而只有一条路通怒江。这里，比西藏还不识食人间烟火，比西藏还深邃、神秘。

一条峡谷，半江传说

生态小城六库镇是怒江州府所在地，也是怒江大峡谷的入口。一入六库，我就发现车窗外一棵奇妙的树，开满一树的花翻动欲飞，行近才发现是满树的鸟儿。六库曾是深山密林，草儿茂盛，经常有马鹿等野兽觅食，聪明的傈僳族猎人于是在此支扣（狩猎方式）下鹿，满载而归。六库即“鹿扣”的谐音。六库的鸟儿多，花就更多了，蜜蜂的家族可谓悠久庞大。市区一棵古老的酸枣树上，野蜂窝长2米多，厚达90厘米，

六库夜景

居然大如汽车。置身于此，人禁不住神游到怒族传说中去了：一天，天边，“嗡嗡嗡”飞下一群蜜蜂，蜜蜂变成了女人，生下子女，于是就有了泸水的“都霍”氏族，“都霍”氏族又叫“别阿起”，即“蜂氏族”。怒族是怒江上最古老的民族，氏族名称大多以动物命名。我们沿着翻滚的怒江水，贴着悬崖边唯一一条窄窄的盘山、盘江公路，从六库出发逆江而上。

峡谷内，万丈山峰沿着怒江奔泻的方向剪出了一条湛蓝的天空。峡谷两岸峭壁如削，密林森森，飞瀑处处，鸟飞鸟落，梯田似画。碧罗雪山积雪融化时，雪水流向哪里，花就开到哪去。山崖里牛羊闪现，云雾缭绕中的崖壁上挂着人家，那石板房是怒族的，千脚落地房里住的则是傈僳族人，也可能是喜欢纹面的独龙族人……汹涌的怒江涛拍击着两岸，一滩接一滩，一滩高十涨。下车在江边捡石，怒江石如此之美，斜长石、绿泥石、绿帘石等，捡起的是惊险，是惊喜，是3600万年前喜马拉雅山造山运动的传奇和奇遇。湍急的怒江流，不屑于载舟。溜索，曾是怒江上最原始的往来交通线，如今已成为怒江人心中的一条纤细的记忆，如彩虹般的各种桥代替了雨丝般的溜索，但溜索将会如茶马古道一样，永远走不出人们的内心和视野，正如那位叫阿茸的姑娘，传说是她编织了怒江上第一根竹篾溜索，还引出甘泉。每年的农历三月十五日“仙女节”，也叫鲜花节、乃仍节，是怒族人纪念她的日子，也是怒族最隆重的节日。溜索还没有消失，他已经成为最惊险的旅游项目了。

怒江溜索　尹绍平 摄

一般把水比作女儿，到了怒江边，望着怒江水，你绝对会感叹怒江水是男人。千峰万壑之间，怒江舞着遒劲的水腰，狂野不羁向着大海奔腾，没有什么能改变它的方向，沿途123条融雪支流以“非”字的姿态，纷纷汇入其中。山岭苍茫，云雾缭绕处，两岸的梯田与云雾突然捉起迷藏，从一个山坡爬上另一个山坡，陡峭的悬崖有的连山羊都爬不上去，令人不由惊叹峡谷人种田绝技。陡峭山坡上的耕田，是峡谷人用木棍先戳个洞洞，放上玉米等种子，再戳上些土，是戳出来的传奇的“壁耕田”。

峡谷里雨一阵大，一阵小，一会儿太阳又出来了，我们体味着“立体气候”的待遇，突然对面迎来一辆自驾车，我们的车子唯有如蜗牛般后退到稍稍宽一点的路面上，让对面的车子缓缓蹭过去。

怒江峡谷风光

柔而烈烈，怒江雾

如果到黄山要看的是云，那么到怒江就要看雾。黄山的云还是人间的，怒江的雾，远离尘世大峡谷的雾，曼妙多姿，袅袅婷婷，变幻多姿，犹如仙境。怒江的雾闪着雪的光芒，映着阳光的金色，噙着融融的绿意，就那么一直曼舞在大峡谷里，从云端到山头、到谷底、到江面，一直舞进了大峡谷的灵魂里。峡谷里的山扇着雾的翅膀，偶尔会让人感觉“飞”。在雾霾逞凶的都市生活久了，似乎已经不知道什么是雾了，到了怒江，人已醉在雾中。

雾，闲庭信步到汹涌奔腾的江面上了。雾又悄然散去，此时，恍然发现狂野的浪涛居然平缓了许多，连拍打岩石的动作也收敛了。我笑说道："怒江还可以温柔呢。"同车的怒江作协的秘主席，却向我讲了一次他亲身经历的怒江发怒的场景。咆哮的江水裹挟着轰鸣声翻滚，他和朋友爬上岸，而江边，几百岁的老木棉树顶着满树火红的木棉花，孤零零地站着，三个人才能合抱起的老树身就那样顶着满头的木棉花陷入滚滚的叠浪中，叠叠浪，一浪深一浪；怒江之雾，世人又该如何来爱你，怒江雾在江面上凌厉地狂舞，踩着挣扎的乱颤的枝干……直到老木棉树，像从没在江面上出现过一般，被吞没。他还说美国科罗拉多漂流队曾在怒江翻沉过。

傈僳族，怒江赤裸的孩子

车行到跃进桥边时，朋友兴致勃勃地指向江边，这就是赫赫有名的春浴点。傈僳族人有春浴的习俗，也称澡堂会，每年正月初二到初六，遍布在峡谷里的傈僳族人家，举家背着行李来到江边，在蓝天下，在太阳下，在大峡谷怀抱里脱下裹身的衣裳，脱下一年的疲劳，男男女女赤裸如婴，跳入温泉同浴，嬉水、对歌，辞旧岁迎新运！这是上帝的乖孩子，陶醉在赤身裸体中。期间，还有热闹的商贸活动、娱乐活动，像什么上刀山下火海等。怒江边凡是有温泉的地方，水温一般都在50度以上，到时候就是欢聚点、就成了伊甸园。当人学会遮蔽的时候，也开始了堕落。

满山樱花盛开时，傈僳族人要过阔时节，相当于汉族的春节，农历的腊月到第二年正月，前后一个月，1990年州政府确定每年的12月20日为其法定节日。村村寨寨、家家户户都酿制水酒，阔时节这天晚上，每个家庭成员必须赶回家吃团圆饭，否则就会像月亮一样消失。新年第一块食物粑粑不是给人吃，而是先给狗。传说狗给傈僳族带来了谷种。这既是一种朴素的感恩，又何尝不是和动物平等相处亲如一家的情感。缥缈的雾里，传出傈僳族原汁原味的四声部无伴奏合唱，这歌声已飞上了世界的舞台。怒江沙滩上，傈僳族的青年男女抬起意中人，埋入沙坑中，痛哭、唱葬歌、跳舞，随着情人的抬出一起狂欢。他们沉浸在“沙滩埋情人”情人节里，在死的洗礼中，去拥抱新的爱情和生活。在大峡谷里，在怒族的餐桌上，宾客互相搂着脖子，脸贴着脸，嘴挨着嘴，同饮一杯同心酒，心贴着心……

傈僳族人所说的“亚哈巴”即石月亮到了，在观景台下车眺望，高黎贡山终端3300米的山巅，云雾缭绕处，一个巨大的大理岩溶蚀成的石洞形如月亮，云蒸霞蔚，石月亮送出一洞神秘的天蓝。传说，傈僳族的祖先就是从这里走向世界的，这在人类大洪水的年代就存在了。那下面还有一个神秘的村寨。

怒江转一个弯，就是一道绝世风景

江水咆哮声传来，水浪翻滚，江面上的雾再次升起，雾从江面一直往山上飞。江面上雾散时，江水再次变得平和一些，抬起浪头继续前行。水中央一块光秃秃的礁石上，一棵云南松任凭风吹浪打一直立着，也不知道站了多少岁月，这棵江心松，一定明了怒江的心意，有人责怪怒江只顾一路向前，都顾不得给人们留下一个坝子。

其实，怒江偶尔也和大山调侃一下，惹得高黎贡山和碧罗雪山急忙向它簇拥，而它却从中喷涌而出，留下天门关兀然而立，望着它一泻千里。马帮、盐帮的铃声从这里荡过，平叛藏乱的大部队从此开过，探险者、雪域的朝拜者从这里走过，对怒江大峡谷情有独钟者到这里来过。

在丙中洛孜当村附近，怒江遒劲的水腰从北至南转而向东至西，又西舞300米，最后以一个漂亮的180度大转弯，再次东流，继续奔程。这水腰舞出优美的“U”，诞生了怒江第一湾，接着又舞出了雾里、丙

丙中洛

中洛等人间仙境。它和大山多舞动几下，就多几道绝世风景。下车眺望雾里，一个三面临水的怒族村寨，风光绝美。一如其名，雾生起，小坝子云雾缭绕，春天樱花撑起粉色，夏天原野披上绿色，秋天果实托出金色，冬天白雪覆上白色。60多户人家，生活在世外桃源中，怒江岂是不留坝子，它是只珍藏坝子的珍品和皇冠。

丙中洛——离红尘很远，离天堂最近

怒江和矗立的神山，悄然让大峡谷舒展点、再舒展点。于是，峡谷中出现了一片稀有的开阔田园丙中洛，这坝子中的皇冠。曼妙的雾，变得更为多姿多彩，萦绕着大山不同的部位，萦绕着一条条、一片片彩色的田畴，或是从天上飘落的彩虹？我有些恍惚。彩色的田畴或者那是彩虹间，点缀着民族风格各异的小房子。

怒族村寨

风靡世界的《小王子》，那个金色头发的外星球小王子，在自己的星球上挪动一下凳子就可以再看一次日落。在丙中洛就可以一天看两次日出日落。冬天的上午，太阳从雪山冉冉升起，在蓝蓝的天空行走一个多小时，落入贡当神山背后，才半个小时，太阳又一次升起，把金色阳光再次洒给丙中洛。贡山神山上有很

怒江知子罗老母登村教堂　金振华 摄

多质如凝脂的羊脂玉石，格马洛河是一条黄金河。叠加的阳光、玉、黄金和雪域光芒，眷恋着这人间仙境。丙中洛生活着怒族、傈僳族、独龙族等少数民族，安然落户着喇嘛教、天主教、基督教、原始宗教等多种宗教。大美之中，又有什么不可以相融！走进丙中洛，我心里反复的一句话即：“人还可以这样生活？人的生活还可以这样？”

从云南进西藏有两条路，一个是德钦进昌都的，要好走一些。另一条就是察隅线，即丙中洛到香格里拉，这条路原始又惊险。这条路上有一个传奇的越野探险车队，我们入住的德拉姆客栈的男主人德拉姆玛璜，就是那传奇的队长。客栈是他和两个老婆开的，平时由两个老婆打理。我们运气不错，他恰巧在家。坐在布置得古朴又前卫的木屋里，品着他家自家的茶，聆听着他传奇的故事。玛璜是傣族人，两个老婆，一个是傈僳族，一个是藏族。健谈的男主人不止一次深情款款地说：“她们相处得像亲姐妹。”他向我们娓娓道来了越野车队第一次穿越西藏的经历，在车队意外抛锚，他独自留下等待救援的时间里，邂逅了藏族姑娘。不过，迎娶藏族姑娘是在三年之后，是他和傈僳族老婆一起纵马西藏，在尽情歌舞之后，接回现在的家里的。客栈的客厅里，摆放着一些他拍摄的风景画，这几天藏族老婆去转山了，店里的事情主要由大老婆打理。她给我们做了丰盛的晚餐，惬意的早餐。她做的酥油茶是我记忆最深的，有点像这个客栈给我的感觉，又浓又清的香味道。在这个世外仙境，由着生命、生活自由绽放，何必去谙红尘万端琐事。在这里，我好像第一次相遇了生活。他家的狗偏爱睡在屋内的太师椅上，客栈经常有狗串门，包括我的狗朋友。我的脚步一踏上丙中洛，就遇到一条深情的狗，它一直跟着我的脚步走，从街头陪伴到田垄、小溪，最后还把我送回客栈。

怒族人家的屋前屋后种着由传教士带来的瑞士板栗。当我走进一个门前挂满饰物的小屋，主人用笑容和热情的动作，邀请我品尝了他们种的板栗、核桃，还有酸木瓜。酸木瓜要蘸着辣椒和盐吃，第一次知道木瓜还有酸的，而且还可以这样吃。院子里种满了各色花，有紫薇，有味精树。

普化寺红墙边，格桑花静静地开，有人在虔诚地转白塔。风吹着经幡，也吹拂着教堂里传出的纯美的歌声。一百多年前，一批西方传教士翻越白雪皑皑的碧罗雪山，把天主、福音传播到大峡谷，从此之后，这声音也就成了峡谷最美的声音之一了。我进重丁教堂的时候，正赶上周末过安息日。虔诚的信徒穿着各自民族的衣服做礼拜，像一朵朵朴实美丽的花，身心在教堂里盛开。

有人说，至高的风景不在山巅，而是稍稍低一点。这一条通西藏的路，可是人间最后的净土，最后神秘的梦境？

独龙江的秘密画布，独龙族

独龙江从西藏察隅县伯舒拉岭出发，从迪布里入怒江州贡山县境。锁在大峡谷深处的独龙江流域是独龙族世代生息的家园。进入村寨，禁不住朝树上望，这一个古老民族被称为“太古之民”，新中国成立前才结束树栖、穴居和野外生活。

不过，我没有望到树上的人，倒是被一个穿条纹衣的小伙子好奇地盯着看，随后他就消失在了垛木房门口。村寨里还有一种千脚落地房，房顶上覆盖着杉木板，有的覆盖着茅草，四周以单层或双层篱笆围起。从外面看去，底层下一根根密密麻麻支撑楼房的木柱，真有点像是房子长出的脚。这种建筑样式普遍流行于喜马拉雅山地民族中，包括傈僳族、怒族、独龙族。这种建筑一般格局为二间，外间是客房，有火塘，火塘上有三脚架，是烧饭时候用的，内间是卧室和粮食储藏间。

独龙族老人　李文华 摄

我们专门拜访了一位纹面老

人。她家的房子是典型的千脚房，竹篾地板。如今，独龙族妇女已很少纹面了，以前女孩到了十二三岁就得纹面了。老人回忆竹针在脸上作画的过程：最先是拿竹签，蘸着锅灰先描绘好样子，然后竹针沿着纹路刺成一行行针眼，渗出的血水要擦去，再敷上拌好的黑汁，黑汁是锅烟灰和药草拌成的。就这样，疼几天，等几天，等到伤口的痂脱落，这画就永远留在了脸上。

为什么要纹面？独龙族女人究竟是为了美丽，还是为了死后亡魂化成七彩蝴蝶飞向苍天？老人以欣慰灿烂的笑作答，或许这即是最好的答案吧。而独龙江是否把秘密藏在这张最鲜活的画布上了？独龙族的节日比较少，一年内仅有一个年节卡雀哇节，是独龙江地区独龙族的新年。大概在农历腊月间，不规定具体时日，一般根据食物的备用情况欢度三天，最长9天。剽牛祭天，是他们一种原始的宗教仪式。剽牛前，牛披独龙毯，角挂彩色串珠，被大家围着跳舞。当牛剽倒后，行过祭，卜过牛舌，剽牛手背着牛头跳过舞后，大家开始分割牛肉，凡是参加的大人小孩都能平均分到一份，然后燃起篝火……

飞来石前，思飞虎

在怒江，传说和现实已浑然一体。我们从贡山返回时，走进了福贡县匹河中学旧址的小院子，探望了神奇的“飞来石”。时光回溯到1983年3月19日的深夜，星空之下，匹河中学的师生正在酣睡，这一块锥形巨石，携着重数百吨、高达7米的石体悄然飞落小院，没有惊动和破坏任何人和物。学校师生一开门，瞠目结舌地望着院子里矗立的这庞然大物，安落在另一块石头上，除了公路上留下一个弹跳时的坑，周围不见任何滚落的痕迹，正所谓“奇峰出奇石，险情出险景。巧离又巧合，绝缘配绝姻”。飞来石充满了灵性，牛存楷三十多岁了一直单身，到匹河中学任校长后，很快遇到心爱的姑娘，成立了幸福的家庭。飞来石，也被称为爱情石和母子石。母子相会——我的心陡然想起二战期间驼峰航线上的飞虎队“神秘53”。

其实，我怒江行的第一站是片马。片马距离六库不远，三面与缅甸接壤，是云南省对外开放口岸。片马景颇语是堆积木材的地方，一如名字寓意，走进片马也就爬进了树的海洋，一路在绿浪簇拥中爬山，转弯，再转弯。雾缠绵山间，白雾深处有人家。这是一个美得会醉倒麂子的地方，也是一座矿山资源丰富的宝山。路边堆积着木材，还有大理石等。昔日的傈僳族、景颇族、怒族等人民穿着浓郁民族风格军装，那“蓑衣兵”、“弩弓队”，为保护片马前赴后继，高亢抗击英军侵略。我们随着土司的一个后人来到了中缅界碑前，界碑上“1961”铭记着片马归回祖国的时刻。

石月亮　罗金合 摄

片马最抢眼位置坐落着人民抗英纪念碑，也坐落着国内目前唯一一座陈列驼峰航线坠机残骸的展馆。纪念馆内，照片上骑木马的可爱小男孩再也回不到他的祖国。空空的驾驶座上，年轻帅气的飞虎队员吉米·福克斯，1943年3月11日，驾驶着C–53的运输机飞越飞雪丫口上空时坠落失踪。事情发生后，他的妈妈一直被隐瞒着，一直一直以为他还活着，在家乡一直翘首等待着他。照片中的妈妈满眼希望和期待的眼神令人不忍目睹。

这驾机型编号和型号同样是53的飞虎运输机，53年后，神秘地回到世人的视线。当时被缅甸的一个猎人发现，在中缅交接中，24岁的怒族小伙子曲天成肩负起守护坠机残骸的任务。那日，荒山上雪越下越大，曲天成一如对神灵般的虔诚，守护着“英雄”，直到屹立成雪人牺牲。怒江人以生命完成了对飞虎队和对世界和平的致敬。怒江人就是这样，怒江就是这样，向着心中最美的风景以祭奠的姿态奔腾。

三江宠爱系兰坪

兰坪白族普米族自治县藏在世界奇观“三江并流”的深闺里。据说，学者们在这传奇秘境找到了《山海经》里古神州的底版。

一进入兰坪，人的身心全融化到风景里去了。

圣蓝色的天空下，碧罗雪山宛如高筒的白靴子，神奇的踩在古老地大地上。这蓝天的白靴子点缀着冰川湖泊、瀑布。叠叠山峦起伏萦绕，三江滔滔江水蜿蜒而过，尤其是澜沧江用27条直流润泽兰坪。谷深深峡幽幽，澜沧江河谷是这条东方多瑙河最深情的歌。“念波依比”湖被当地傈僳族视为神湖，一瞥湖波幽深莫测，但无路下到湖边。

罗古箐被称为“三江之门”，我沿着红岩子很多很美的地方罗古箐走，穿行在红崖绝壁间，纵横交错的嶙峋怪石携一身丹霞，当地普米族称之为“吉利吉”。360峰，9溪18岭，碧绿草甸镶嵌着溪水，在峡谷里起伏漫展，似神仙的地毯载着悠哉吃草的牛羊。最耀眼的还是杜鹃，一树树的杜鹃花，一如组成了彩虹纵队，红的、紫的、黄的等或沿山体婀娜而上，或自天边翻飞而下。杜鹃树粗壮的树干把时间长成神秘的美丽，举着各色花朵，又似在三江宠爱之地，挥洒着杜鹃圆舞曲。从青藏高原迁徙而来的普米族，是这里最令人羡慕的“看门人”。情人坝上，200多岁的两棵云杉树，枝相串、根相连，紧紧相依。每当中国大部分地方过端午节，也就是农历五月初五时，方圆百里的普米族、傈僳族、白族等青年男女，则萦绕着这棵情人树载歌载舞，普米族少女跳着“蹉磋舞”，白族少女跳着“霸王鞭”，傈僳族少女跳起“哇其其”……这个美幻之地正沉浸在浪漫的节日“东方情人节”中。

穿过原始森林就到了大羊场，高原草甸好像在飞翔，载着更多的牛羊，飞翔在金沙江和澜沧江齐眉的眼波里。在富和山澜沧江沿岸四十里山箐中，一条低俯蜿蜒的盐马古上，一队队商旅驿马早已把土石踏破，裸露的树根盘结成路，这一条岁月之歌盘根路低唱着什么，可是娓娓道来着盐马古道上的传奇，或说这里也是“绿色锌都”？

玉溪，让生命充满遐想

如果说维也纳是古典音乐大师们心灵的归宿，那么玉溪便是现代音乐人心灵的归宿，因为中华人民共和国国歌的曲作者，伟大的人民音乐家聂耳就出生在这里，聂耳是一个民族的声音，是所有音乐人的遐想。

玉溪聂耳铜像

其实，玉溪不仅是音乐人的遐想，更是每个人对生命的遐想，如果说楚雄元谋人遗址将人类历史推向了170万年以前，打通了人类历史最遥远的一个驿站，那么玉溪帽天山下5.3亿年前的软体动物化石群，便泄露了5亿多年的天机，特别是那只不太漂亮的纳罗虫化石这是所有爬行动物、哺乳动物的祖先，也就是人类的始祖，面对这些地球上最早的“居民”，谁能不展开对生命的遐想呢？

玉溪，在滇中腹地，“滇中碧玉”这个词便是用来形容玉溪的，我对玉溪这名字的遐想便是：一条静美如玉的小溪和它两岸水水灵灵的人们，过着水一样自由自在的日子……

聂耳音乐广场

走进玉溪才知道，玉溪是一座古城，商周时期，玉溪是古代百濮领地，2000多年前是古滇国的核心，直到三国、魏晋时期，古滇国土崩瓦解，云南的政治文化经济中心西移至洱海地区，玉溪这片各族文化碰撞得叮当作响的繁华地带，才开始进入了沉寂期。

一千多年的沉默之后，突然间响起密集的战音——随着“重九起义”一声炮响，玉溪静美的大地上，猛然间迸发出一股顶天立地的浩然正气。当抗战救亡的呼号呐喊成为时代主题，玉溪“抗战花灯”异军突起，绽放出奇光异彩，在中华民族存亡的紧要关头，玉溪天才聂耳谱写的《义勇军进行曲》，激荡出人天共奋的最强音，当时的陕甘宁边区、晋察冀根据地遍地传唱这首雄壮的歌曲，以英勇抗日著称的国民革命军200师把它作为军歌，滇军60军的将士唱着家乡人所作的战歌，走上战场，血战台儿庄……

虽然聂耳远逝日本，却魂归故里。斯人虽去，知音长存，聂耳公园，知音湖神似一把小提琴的轮廓，衣袂翩翩的聂耳铜像站立在墨玉石的基座上，高举双臂，呈打拍姿势，天才生前创造的歌曲始终在广场的上空飘荡。

在玉溪的任何一个角落，都可以看到一座红塔在风中独立，每一位烟民都不会忘了它的味道，红塔山牌香烟，是中国香烟第一品牌，玉溪也因此享有“一地四乡”的美誉，即：聂耳故乡、云烟之乡、花灯之乡、高原水乡。生命起源地（澄江县帽天山发现的5.3亿年前的古生物化石），除此之外，玉溪还是“红塔山奇迹”是玉溪从农耕文明向现代文明转型的关键环节，它不仅为地方经济崛起做出了贡献，同时也用其企业文化的品牌效应对玉溪精神提供了现代诠释。

沿着红色的台阶一步步爬上红塔山。红塔集团半个多世纪的风雨历程，在参观中仿如亲历，红塔山并不高，红塔也不算高，导游说仅25.1米，建于元代。红塔山原本不叫红塔山，而是白塔山，古时“白塔夕照”是玉溪一道迷人的景观。到了晚清之后，由于战祸频繁，盗匪横行，白塔山上也是寒烟枯草，一片荒凉。1958年，玉溪卷烟厂成立，在那个红旗飘飘荡满神州的年代，玉溪卷烟厂的工人们把白塔染成了红色，从此称为“红

红塔新彩　潘泉 摄

塔”，白塔山也随之改为红塔山，在红塔山的基座上，我看到这样一首诗：

曾经有一座塔
被人们遗忘在风雨里
日影西斜中
我穿过瘦瘦的小路
来寻找它
在叹息和荒冢的尽头
钟不鸣佛不语
衰草乱云中
闻到一缕苦涩的气息
只在不久前
一群开拓者来到这里
拨开了野水闲云
他们要做大地的主人

诗写得很好，文笔优美，一座塔的繁华与没落也就是历史的起伏跌宕。

“红透塔山绿透水，神仙羡作玉溪人”，从红塔山下来，我去享受玉溪的青山绿水……

高山，挺起了滇中大地的脊梁

玉溪处于两个一级大地构造单元的结合带上，因而地质构造十分复杂，复杂的地质和多样的地貌——喀斯特地貌、流水地貌、构造地貌等与遥远旷古的地质运动，把玉溪这幅山水画卷雕琢得有高有低，有明有暗，多姿多彩。

哀牢山，磨盘山，梁王山三座大山撑起了玉溪的天空，大山是玉溪的骨骼，玉溪因大山而站立起来，在玉溪众多的大山中，最有名的当属哀牢山，因此，在一个烟雾缭绕的清晨，我来到哀牢山。

回眸千次都是画

哀牢山自然保护区在新平县，哀牢山是云贵高原、横断山系和青藏高原南沿三大自然地理区域的结合部，是云贵高原西部地域最大的山脉，是东亚热带季风、南亚热带季风的交汇处。云南大地之所以星罗棋布着一座座春城，就是因为八百里哀牢山这条绿色长龙调节着云南的气候。1998年，哀牢山被联合国列为“人与生物圈”森林生态系统的定位观察站。

自从神话中那个叫沙壹的女人触及河中黑色沉木生下十子，幼子名九隆起，九隆兄弟便让这片土地充满了贵气，因为龙裔，族人皆在身上刻龙纹、衣皆著尾……传说古滇王国消失后，滇王室的一支贵族，也跋山涉水来到此处，那花腰傣便是古滇国皇室后裔。玉溪的少数民族很多，彝、傣、哈尼、拉祜、白、苗、瑶、回等民族，皆因哀牢山、红河水不仅是云南中部自然地理的分界线，同时也是云南民族行政划分和迁徙的走廊……

如果说横亘千里为国土疆界之气运，有史传文赋可考祖辈先人之踪

哀牢山日出

影的山，堪称名山大川，那么，哀牢山当之无愧，但是中国100座名山里还没有她的芳名，要知道，三四十年前，又有多少人知道世界上有个“张家界”呢?

智者乐水，仁者乐山，哀牢山不需要风花雪月的赞歌，它需要的是徐霞客、郦道元那样的山水知音。

哀牢山旅游开发最好的就是戛洒小镇旁边的南恩瀑布、茶马古道、石门峡、陇西氏族庄园和金山垭口。

到云南应先去触摸茶马古道，那沧桑又美丽的古道，是远古和现代、前世和今生相聚的平台。哀牢山的茶马古道像一首无字的长诗，蛰伏在原始森林里。千年的青石板古道，深深浅浅的马蹄印，被落叶青苔覆盖着簇拥着，不像我想象的已经寂寥。

新平哀牢山 李文华 摄

磨盘山马樱花

有花的香味和鸟的啼鸣此起彼伏地传来，让森林更显幽静，遮天蔽日的古树，把外界隔绝了，这里仿佛是另外的一个空灵世界。哀牢山茶马古道是古时云南三大通道之一，我所到的耀南大道这段，初始于普洱，翻越哀牢山到达大理，明朝后始于昆明，通往老挝、泰国等地，是滇中南内接中原，外出迤方的官商大道。历史上称之为古代南方的“丝绸之路”，迤南大道始于唐繁于宋昌于清盛于民国，新中国成立前的哀牢山古道上，每天有八百多匹骡马一千多商人从这里走过，哀牢山，意为“虎豹出没的地方”。那时这里有虎豹蟒蛇，有巴掌大的蚊子，当然也有绚丽婀娜的花朵蝴蝶……遥想当年，哒哒的马蹄声踏破拂晓的月光，马帮队伍如一条长龙悠悠上路，每个人的马上都驮着希望，每个人的心里都揣着梦想，或浪漫，或凄美……往事如烟，往事并不如烟，崇山峻岭中的这条青石板大道，马蹄印深有尺余，里面长满绿茸茸的苔藓，都是当年往事的化身。

南恩瀑布和石门峡，是相邻的两个景点，南恩是傣语“银白色的水”的意思，雨季时候，数千米以外就能听见南恩瀑布的咆哮声，整个瀑布悬挂在巨大的岩石板上，落差达100米，主瀑两侧，有寒光闪耀的雌雄剑瀑、义无反顾的烈女瀑、寿翁瀑、龙颜瀑、银线瀑等等，形成天下罕见的瀑布群，非常壮观。从南恩瀑布继续向上走，不到1千米便是被誉为“哀牢山九寨沟”的石门峡。石门峡，因为景区内有许多石头门而得名，据说，在石门峡不到2千米的长度内就有十多道天然的石门，从第一道门到最后一道石门，落差不到100米。入峡谷，一条木头栈道顺山势，循水流，蜿蜒而入，人由栈道曲折而上山，水由山道叮咚而出谷。两岸悬崖峭壁对峙，阳光忽隐忽现，有时被参天大树遮住，有时被嶙峋怪石挡上，人在栈道上可拽藤条小憩，可倚大树停歇，可低头看溪水幽潭，可抬头望白云簇团，沁人心脾的空气，带着花香草香树香，连肌肤都能感觉到那份水润湿滑……在石门峡的第三道门里，我们巧遇几个花腰傣少女，她们身着七彩褶裙，如花朵般在幽深的峡谷里灿烂的行走，有阳光斜照在她们华丽的衣服上，一下子点亮了整个山谷，花腰傣服饰是穿在身上的艺术，特别是那条彩虹般美丽的腰带，长达数米，系于腰间，令她们更加袅袅婷婷，如移动的花枝轻颤……石门峡里，水清如柳宗元笔下的小石潭，人美亦如柳宗元的小石潭，谁都会恋恋不舍啊……

说起玉溪的山，尽管磨盘山，梁王山也各显特色，但最让我惊呼雀跃的是通海的秀山，因为秀山是一座碧山，一座史山，一座诗山。早在明清时期，秀山就享有“秀甲南滇”的美誉，与昆明的金马山、碧鸡山、大理的点苍山并列为云南四大名山。明代大旅行家徐霞客称诵：“闻山之胜，迤东之县通海为最胜。”秀山是一个历史悠久的地方，峰顶海拔2060米，汉代便开始辟山林、建古刹、立亭园，元明清为佛教圣地，经历代修建构成了前山普光寺、清凉台、山顶涌金寺、后山白龙寺等禅院古寺建筑群，共有殿、阁、廊、轩、坊、祠等64个单体建筑，这里的建筑精巧古朴，错落有致，多而不繁，体现出不同时期，不同民族的建筑风格，且每一亭、每一阁上都留有不同时代不同阶层吟咏的匾联，形成了“无额不匾，无楣不联，无壁不诗”的奇特景观。小巧玲珑的秀山，成为世界对联最多的公园，这些对联，使秀山显得典雅高洁，文采风流。

200多年前，一个宦游多年归乡探亲的老人写下了这样的诗句：“孤城临水背倚山，忆在江南烟雨间”，这里的山，指的就是秀山。江南是文化的天堂，可见这个边陲小山的文化意境是多么浓溢。

湖泊，玉溪的魂魄

云南的九大高原湖泊玉溪占有三个：抚仙湖、星云湖、杞麓湖，它们像星星一样，在滇中大地上闪闪发光。

抚仙湖，仙人的一泓温柔

抚仙湖是珠江源头第一大湖，得名于仙人相扶。传说在抚仙湖东南的嶙峋岩石中，有石、肖二仙搭肩而立，泛舟湖面，二仙抚肩情状若隐若现。

明朝著名诗人杨慎曾写道：“澄江色似碧醍醐，万顷烟波际绿芜。只少楼台相掩映，天然图画胜西湖。”由衷地描写了抚仙湖的美丽。抚仙湖被誉为云南的高原明珠，是中国最深的高原淡水湖泊。水面北宽南窄，像一个宝葫芦。

216平方千米的水面面积，最深处达159米，平均水深95米，使抚仙湖成为云南蓄水量最大的湖泊，容量达到206亿立方米，是滇池的12倍，洱海的6倍。抚仙湖值得骄傲的是它没被污染，湖水为Ⅰ类水质，透明度达7–10米，被称为云南的北戴河，沿岸多胜景，尤以“四古四绝”人文地理景观为最盛。

“四古四绝”是什么呢？一古，指的是澄江帽天山古生物化石群，

抚仙湖

它代表着寒武纪大爆发及生命起源的奥秘，被誉为20世纪最惊人的发现。二古，是江川李家山古滇青铜文化，李家山埋藏着200多座古墓，目前仅发掘了85座，却出土了5000多件青铜器，谜一样的古滇国青铜文明在这里被晾晒。三古，是抚仙湖下古城遗址，有的说是古滇国的城池，有的说是古滇国的王陵，也有的说是西汉时俞元县的古城。水下探索了近十年仍是一个谜，且随着不断地发现越来越迷离。两个类似正在放射光芒的太阳图案，和一座类似古埃及“金字塔”的建筑，让有些人居然提出了抚仙湖水下古建筑群可能是外星人留下的“作品”，水下古城规模巨大，比古滇国的首都还大，谜团越来越多……

抚仙湖的四绝就不一一说了，只讲一讲神秘的湖中大鱼和鲭鱼阵。

抚仙湖水深，深水养大鱼，这是湖边人都相信的事实，最大的鱼到底有多大呢？有人说比人大，有人说比门大，有人说像游艇……终于，1992年7月29日，一个叫张之亮的农民钓起了一条长1.56米，重达64千克的鲭鱼，据专家说，这是目前国内湖泊捕起来最大的一条鱼。奇怪的是，传说在捕起这条鱼的第二天，有许多大小不等的鱼在钓起大鱼的地方来回游弋，好像在寻找什么，并发出凄凉的鸣叫。

鲭鱼阵被拍到过两次，1981年夏天，有人发现一个大鱼群，有千余条之多，有一条身子比牛大，长十几米，被护卫在中间，前后左右有鲭鱼、白鱼分大小层次排列，队伍整齐、声势浩大、前呼后拥，犹如“皇帝”出巡。

我到抚仙湖那天，在白沙如银的沙滩上，看到好几波前呼后拥的场景，亦如国王出巡般壮观，走近了才发现是拍婚纱照的情侣，碧海、蓝天、沙滩，这里俨然就是一望无际的大海，“晨观日出”，“午看鱼

抚仙湖绿充　刘曙 摄

连接抚仙湖和星云湖的玉带河

乐”，“晚眺仙湖”，“夜望明月”，宋、明时就有的胜景，在抚仙湖已一一重现，到抚仙湖探秘，看海，玩沙，这次第怎一个“美”字了得，民间流传着一首童谣：“石龙对石虎，金银万万五，谁解其中谜，能敌半个府。狮子望河阳，金钟对玉鼓，哪个能识破，能救半个府。”这首童谣到底有何玄机，到如今还没人能识破。如果你冰雪般聪明，说不定还能破解那千年的童谣呢。

芳草有情斜阳外

玉溪节日颇多，好像什么时候都会不经意地撞上一个节日，新平花腰傣花街节，峨山彝族火把节，沅江哈尼族十月年，蒙古忆祖节……这是因为玉溪少数民族多的缘故，怎么也没想到，这里居然有一个蒙古族自治乡——兴蒙乡，原来公元1253年，成吉思汗之孙忽必烈宗王率10万大军进军云南，到1381年，元朝在云南的统治结束，镇守在曲陀关的官员，躲过明军的追杀，不改姓，不改装，凭着对草原的深情，成为云南省唯一保持着原汁原味蒙古族特色的小群体。由于时间紧，我没能去拜访这个群体，但我非常佩服这个把草原背在身上的民族，七百多年了，那长城外的故乡，应该是夜夜走进梦乡吧，骑马归故里，成了一生又一生的努力，只可惜所有的努力，都只不过是让背上的青草侧了一下身子……

玉溪是云南最清丽的一幅水墨画，不是太浓，但值得用心去欣赏。

文山，壮乡苗岭雪藏着稀世美景

最近在滇东南旅游胜地中出现了一个新的城市，它如一支亭亭的荷，在初春的荷塘里露出尖尖角，这个城市，就是没有浓妆艳抹，以小清新素颜待客而人见人爱的文山。

之于我，到了文山就仿佛是到了莫奈的故乡，莫奈的睡莲就睡在普者黑幽幽的湖面上。之于我，到了文山就仿佛穿越到远古，五柳先生陶渊明的世外桃源终于被我找到了，与先生书中描写没有半句差池。回到从前，仿如雨化作云回到了蓝天，种子在土里发芽回到童年。

知道文山是在十年前的贵州六盘水“夜郎寻梦”，那时我便知道，2000多年前敢说“汉与我孰大”的夜郎古国，竟是被名不见经传的句町国协助汉昭帝消灭的，还有声名显赫的古滇国，也是被这个小国消灭的。从此，句町族首领亡波被封为“句町王”，句町国享受着国县并置的特殊待遇，成为横跨桂西、云贵高原前沿的文明古国，在历史上存在了500多年，而文山地区就是句町古国的国都所在。也许，有人认为句町族首领亡波“助纣为虐”，而我却认为他是“曲线救国”，至少延长了句町古国在历史长河里的生命线。

而如今，地处祖国西南边陲，滇桂黔三省区交界处的文山，有11个民族似11朵花盛开在壮乡苗岭的高山深壑，江边深涧里。文山的神奇不仅在历史悠久，也出彩在珠江第一港——富宁港，它让云南从这里通往大海，还沉淀在保家卫国的老山英雄气质里，还有那438千米的边境线，繁华了天保、都龙、田蓬口岸，成为一道和平之光温暖在中越边境线上。然而，文山最吸引世人的还是这里的稀世美景和独具特色的民俗文化。这里的空气是干净的，这里风吹还伴着幸福。星罗棋布散落的坝子，连绵不绝突兀站起的高山，伴生了冬无严寒、夏无酷暑的宜人气候。11个少数民族聚集在这里过着田园生活，文山本身就是一个山美水美风情美的原生态景区。

坝美，让心归隐

“坝美”是壮语的音译，意为“森林中的洞口”。到过坝美的朋友都说，坝美就是陶渊明笔下的“桃花源”。带着无限期待，我在一个秋日的早上乘车从昆明出发，午后即到了位于广南县北部的坝美。到景区后可选择从汤腊村顺水而下到法利村，也可从法利村逆流而上到汤腊村，我选择逆水行舟。穿过检票口，需要坐马车到景点，此时还没有身处世外桃源之感，而是仿佛回到小时候坐马车的年月。当桃源洞口赫然眼前时，陶渊明的那句“林尽水源，便得小山，山有小口，仿佛若有光”忽地就从心里蹦了出来。老船工说有个游客运气很好，坐在船上忽然从洞顶落下一个燕窝掉到他腿上，他却不知道是什么东西……说完船

夕阳牧归

工就哈哈笑开，笑声一下子在静寂的洞里回荡开来，从看似摇摇欲坠的老鹰爪岩石下驶过，心里也不再那么害怕了，小船往着更黑暗的地方驶去，最后一抹光亮慢慢也消失了。

听到船工说我们经过三天三夜就到达坝美着实吓了一跳，随后船工解释说，这洞里有3个有光的地方，3个黑暗的地方，故被称之为“三天三夜”，经过这“三天三夜”便到达出口。在洞内，借着微弱的头灯依然能看到栩栩如生的陶公像，还有憨态可掬的雄狮护宝，倘若你回头“观音望月”，慈爱之光定会佑你平安。经过大约20分钟的溶洞历险，我们“便舍船，从口入”，顿时，河谷、水车、稻田、青山、翠竹、桃树一并映入眼帘，一缕中国古代飘逸、浪漫、悠游的隐士遗风扑面而来，唯“豁然开朗”可形容当时心情。

出了洞口沿着游道走一段，你会发现一座取名“官帽”的山，无论走在哪个角度，你始终都站在官帽山的前面。由于官帽山两侧还连着两座类似椅子扶手的小山，也有当地人将这座山称为官椅，若是你见到有人坐在山前拍照莫要奇怪，戴好官帽，坐稳官椅这原本就是许多人的追求。不过，陶公当年隐居在此，可能没发觉这座山的神奇吧，不然在经历仕与隐的苦痛挣扎之后，哪还愿意见到官帽、官椅。有人说陶公是逃避社会责任不算是真正的隐士，也有人说陶公心里并未真正归隐是在等待明君出仕。我却以为陶公归隐也好，等待出仕也罢都是一种生存的智慧，另辟蹊径或许会“柳暗花明”，他没有在政治上实现远大抱负，却以诗文著称于世被称为“隐逸诗人之宗”，这何尝不是实现了另一种伟大的价值？

小道虽不长但一路上的风景却是串了一珠又一珠。那座连绵不断的玉女屏峰，听说是仙女下凡洗澡惊动了天庭，匆忙离去时来不及带走的仙衣坐化而成。时不时还会有几只大红公鸡“扑腾”从屋顶上飞落到小路边，小狗也会跑来凑热闹，遇到脾气好的游人还会“汪汪”叫上几声，它也知道“软柿子”好捏啊。水牛在坝美村就更不陌生了，这个小村庄一直过着男耕女织的生活，壮族特有的稻作文化融合在村民随手做的花糯米、随性跳的铜鼓舞、随身穿的服饰和坝美的四季里。

听村民说，坝美的春天是最美的，不仅因为开始一年的春耕播种，还撩开了一年中最迷人的绿色旅行面纱，绿了口木叶的欢乐曲，绿了老大爹的肥水牛，绿了老奶奶的织布机，望一百眼，一百种的绿，你会惊叹是谁将一粒粒绿色的种子播撒在此，让这里有了翡翠般通透的色彩，也会惊讶什么时候老奶奶把悄然绽放的那片桃花，追随而至的油菜花织进了壮锦。嗅着空气中桃花的芬芳，“芳草鲜美、落英缤纷”的春天会引多少旅游者折腰。而夏天却应当是夏草如碧，一眼望不到底的绿……

“快看，前面小路的尽头就是夫妻树和媒榕树了！”同伴的召唤把我从对春夏的畅想中拉回现实。听说在还没有设置民政局实行结婚登记的年代，村子里的姑娘小伙结婚之前都要到媒榕树前手牵手在树上拴上一根红线，见证一段婚姻的开始，而夫妻对拜则一定要在夫妻树下完成的……

秋日的阳光虽然还有点刺眼，但天空干净得不见一丝杂色，浓烈的蓝、纯净的白、稻田的金黄肆无忌惮地撞击着你的心跟着白云飞扬，闭上眼穿梭在稻花香里说丰年的悠闲时光里，品味这秋天才有的胜景。站在风雨桥上，看秋天的男人河、女人河也是一道心，使之动的风景，若是起床早了，在依稀可见的薄雾里，远的山，近的水，还有那一泻到底瀑布般的黑发，那一处再近一点就看得清的香肩都只是若隐若现，让你心生向往。

离开坝美村仍然需要先坐船，接下来下船、坐马车、坐船、下船就从桃源洞里流了出来，就似经历一个前世今生的轮回，让你的心在黑暗中沉沦，又慢慢在光亮中苏醒。聆听风中“结庐在人境，而无车马喧。问君何能尔？心远地自偏。采菊东篱下……”的吟唱，来到坝美就缘是一不小心落到了陶渊明笔下的世外桃源。流水潺潺，桃花朵朵，不论你来自何方，去向何处，不管你怀着忧伤，还是结着愁怨，来了，你就笑了。为村民纯朴的可爱感动，为桃源干净的天空释怀。累了，就来这里小憩；痛了，就来这里舔伤，将你浮躁的心在这里轻轻安放。

普者黑，虚实漏透的水墨画

普者黑这个名字来自彝族语，意思是“鱼虾丰美的湖泊”。传说当年有仙女下凡，将仙衣遗落在了桃源坝美，离别普者黑时又落下54滴泪珠化成54个湖泊，弄碎了一块翡翠变成了330余座傍水的孤峰。山成了水的脊梁，水便是山的腰带，数万亩荷塘是仙女回眸的笑靥，一路寻觅仙踪不离不弃，形成了国内罕见的高原喀斯特峰林、峰丛、湖群组合，成

水上田园

早春　彭学平 摄

一叶扁舟　曾钟滔 摄

丘北普者黑　刘曙 摄

就了普者黑这个民族风情浓郁的国家级风景名胜区，普者黑更是因为湖南卫视大型亲子节目《爸爸去哪儿》的热播而被观众和旅行者熟知。与漓江相比，普者黑在温婉中带一点野气，有彝族人热情豪放不拘小节的风格；虽无滇池洱海的天高海远，却有张弛有度进退自如的大家闺秀的风范；如果说斯里兰卡是印度洋上的珍珠，那么普者黑就是云贵高原上一幅自然天成的山水画卷。

从普者黑机场下飞机，驱车1小时就到了普者黑，置身其中，绵延百里的荷塘，拔地而起的山峰或相拥成片或并肩成排，那山是一座连着一座，那水是一眼望不到头，那洞是一个连着一个，一瞬间突然发现天地间自己竟是如此的渺小，大不过山水画里荷叶上的一滴露珠。仔细一看才发现这里的山形似相连却是分隔很远的孤峰，比起桂林孤峰的秀气，普者黑的孤峰多了一份洒脱与桀骜，倒是湖里的水，水上的荷让它显得温柔许多。

赏荷是普者黑的一件快事，与杭州西湖人工种植的荷相比，这满湖野生的荷更多了份大自然的灵气与古朴，在普者黑赏荷有了四季的眼睛和虔诚的心，或许你就会有不一样的发现。

虽然赏荷的夏天已过去，我还是忍不住想要去触摸普者黑的秋天。迫不及待地登上小船，在这秋天里，稻谷的金黄、小草的鹅黄、山的绿黄，像是醉酒的画家用错了色彩，东一点，西一处，浓的浓，淡的淡，全无了夏日的章法，却在凌乱中看到了荷离去时水的慌乱。青烟色的瘦细兼着远山近水中的孤寂，孤舟、残荷、山影竟也充满诗意。荷花凋零已然没那么张扬，静寂中带一点忧伤，撑一长篙，划破一池残荷，来年荷花再开时是否还记得今年残荷听雨的不舍，又是否记得去年的花脸节，是谁摸黑了谁的脸，是谁为了谁等候？在这收获莲蓬的季节，轻轻捻开莲蓬，细长白嫩的莲子便露出了莲的心事，在你还是亭亭夏莲时我没能赶到，我来晚了吗，让你的心事慢慢风干成了唐诗宋词。我怎么好似听到了仓央嘉措“转山转水转佛塔，不为修来生，只为途中与你相见”的叹息，难道一池残荷是你在寻找玛吉阿米时遗失的诗篇吗？我仿佛听到你在风中呢喃，“在看得见你的地方，我的眼睛和你在一起。在看不见你的地方，我的心和你在一起”。

秋天是有点伤感，若是在夏季，泛舟荷花间，当是何等惬意！放眼望去，婀娜多姿的荷花，或含苞似闺中少女或绽放如吉普赛女郎，亭亭玉立，白的清新，粉的琢人，摇曳在水波绿叶之上。四周的山峰也为之心动，忍不住轻轻弯下腰倒映在荷塘中想一亲芳泽，却最是那调皮的小鸟，俯冲到水里，弄碎了一池的暗香……

而冬有冬的美，夏荷盛开染香的时光沉淀成冬日水光浮动的期待，天地间似乎只剩下黑白两种颜色。普者黑冬日多云雾缭绕，别有一番朦胧美，更有留得残荷直抵心灵的凋零美。而冬天的鸟，一下子变成了黑白世界的主角，无论是千山鸟飞绝，还是百鸟归巢，其画面更清晰憾人。天鹅、斑头雁、斑头鸭淹没在山水一色里。倘若抓住日落的尾巴，余晖中伫立岸边除了独品静寂更有一处淡淡的忧伤从心底升起，一回眸，一驻足，就是一场相逢，就如冬来莲去，夏至莲开，缘来缘去，烟飞烟灭，凋零与新生原是一样的美。况且，冬天来了，春天也就不远了。

春天的普者黑，没有夏天的郁郁葱葱，也不像秋天那样天高气爽，更没有冬天的浓雾缭绕。这里的春天生机勃勃，有惬意的阳光，有万亩桃园的芬芳；阳春三月，天蓝云碧，水波荡漾。小荷已露尖尖角，水草茵茵，点点新绿点缀着淡蓝色的湖泊，像是蓝色宝石上镶嵌的天然翡翠。

无边的想象中，小船徐徐驶入了普者黑的核心景区，很多只小船似鱼儿欢快地在水中穿梭。“到了普者黑不打水仗就白来了”朋友一边朝我嚷嚷，一边手忙脚乱地打水往外泼，两边泼出的水在阳光下霎时交汇成一道彩虹，然后又如约而至地泼洒到对方的船上，幸福了眼，潮湿了心，来到这里就忘记年龄，忘记家事国事，忘记身份地位，尽情地泼水和欢笑，只管来一场酣畅淋漓的水仗，洗净城市的尘埃与喧嚣，真正回归到真我的自由状态……

小船继续往前，还未到青龙山码头，阿黑阿乃（注：彝族叫“阿哥”“阿妹”为“阿黑”“阿乃”）甜脆的歌声随风飘来，循声望去，原来是一群彝族老乡们穿着民族盛装在跳弦子舞呢。一举一落间就似朵朵繁花落地又被风飘然托起，单是看那开满花朵停留着飞鸟的民族服饰，心就已醉了，哪还经得起这弦子舞的撩拨，心一下子痒痒了，双脚几乎都踏到码头了，却被朋友硬生生拽回船上，“急什么，每周休息日周边的群众都会自发地聚集到这表演，一会要是看不到黑天鹅了，那才可惜！”被朋友这一说只好乖乖上船，决定明天再来和彝族老乡们跳一把弦子舞。

几只黑天鹅在水草丛里毫不避讳地秀恩爱，原来我们已经到了黑天鹅湖珍稀候鸟栖息地，黑天鹅是普者黑的大明星。我们的小船靠近湿地，黑天鹅似乎没一点惊讶，依旧悠然自得地在水里嬉戏，几只胆大的居然游到了小船边，一溜儿站成一条线，还带着些许火药味儿。这可是与以优雅著称的天鹅不相符呀，原来是朋友穿得太艳丽，红颜生妒！划船的彝族汉子告诉我们，可惜今天没见到钳嘴鹳，它是2012年9月才在普者黑发现的，现已成为留鸟。据说，现在普者黑天鹅湖候鸟栖息地已有各种候鸟几万只。由于湿地面积大，植物丰富，为水禽提供了充足的食物，成为这里水禽的重要越冬地和迁徙停歇地，还使部分旅鸟和候鸟变为留鸟。果然连鸟儿也知道普者黑是富饶的“盛产鱼虾的地方”啊。

麻栗坡，中国人精神的“钙片”

麻栗坡，位于中国古代南方丝绸之路的咽喉要道上，与越南接壤，国境线长达277千米，历来是兵家必争之地。在清光绪年间发生的中法战争中，法军妄图从麻栗坡打开进军中国边境的突破口，尔后的抗法援越、抗日战争、“抗美援越战争”和上世纪八十年代震惊中外的“对越自卫反击战”等，都有此地的参与。

当战争成为历史的记忆时，麻栗坡因丰富的旅游资源再度吸引人们探索的脚步，麻栗坡的一切都是原生态的，喀斯特地貌造就的崇山峻岭雪藏着壮乡苗岭。

麻栗坡大王岩

唱着“我爱你呀，老山兰”长大的我，首先要到的当然是老山爱国主义教育基地。基地包括战争遗址、烈士陵园、老山作战纪念馆、老山竹海、老山梯田、天保口岸等多彩景观。

来到背靠青山，面向绿水的麻栗坡烈士陵园。入门亭沿石阶梯拾级而上即到达陵园中心，就可看到用大理石竖立起的高约15.32米的革命烈士纪念塔，纪念塔的两侧各竖立着一块大理石铸成高3.63米、宽8.58米的纪念碑，碑上简介着烈士们的英雄事迹。陵园绿树成荫，花木丛生，从山脚至山顶，九百多名在对越自卫战中牺牲的烈士在此安睡。高高耸立的革命烈士纪念碑与烈士站成捍卫祖国尊严的坚守，默默守望着老山，他们当中最小的16岁，最大的35岁，他们用最美的青春铸就了“艰苦奋斗，无私奉献”、“亏了我一个，幸福十亿人”的老山精神，换来了国家的和平与安宁。我们有什么理由在和平年代下还吝啬自己对国家的付出，计较自己的得失？

听着烈士陵园讲解员朗诵《妈妈，我等了您二十年》，不知不觉已潸然泪下，“妈妈，20年前，当我被敌人罪恶的子弹击倒在前沿……20年来，我和我忠实的弟兄们，默默地站在这昔日的前线……妈妈，为了千万个另外的妈妈，我和你都作出了无悔的奉献……”，无语亦无言，只留下心中深深的感动，献上一枝老山兰，深深地鞠一个躬，英雄们安息吧，共和国的旗帜上有你们血染的风采，千千万万的母亲和儿子们会永远铭记你们。

走进相邻的老山作战纪念馆，首先映入眼帘的是座“母亲送儿上前线”的雕像，接着各种实物真实地展现，带着我走进了当年的战争场景。

从作战纪念馆出来，驱车差不多40分钟就到老山了，如今，老山战争的硝烟已经散尽，站在老山主峰的瞭望台上，中越两国层林尽染的风景尽收眼底，炊烟也在山间袅袅升起。听说这里曾经被炸成了荒山秃岭，植被都是20年来自然生长起来的，那甘蔗林，也是当年战士们自己下山砍来当水喝，没吃完的就又生根成林了。据说，一个副连长下山时，还踩了地雷牺牲了。若不是看到保存完好的猫耳洞、碉堡和纵横交错的战壕，谁能想到这里曾是“对越自卫反击战”的主战场？极目远眺，在主峰的北侧就是著名的“百米生死线”，在收复老山的战斗中，为了配合主力部队作战，有一个班的战士从侧翼穿插进攻，与敌人展开肉搏战，最终打开一条鲜血铺就的胜利之路，一旁土坡上“狭路相逢，勇者胜！”的刻字还清晰可见。走到老山主峰北侧200米处的小广场上，最醒目的就是战斗英雄张大权烈士的雕像，它象征着戍边卫国的钢铁战士形象，抚摸着雕像敬畏之情油然而生，岁月斑驳了他的英姿，却掩饰不住他站在边境线上高高挺起的脊梁。而随处可见的老山石刻则是老山另一道亮丽的风景线，老山精神万岁、老山主峰、理解万岁等都被刻在了一块块巨石上，这里埋着中国人的钙片，一份精神的钙片。

从老山到天保口岸有40千米，老山主峰海拔1422.2米，天保口岸海拔仅107米。所以从老山到天保口岸的山路一路向下盘旋，但一路的风景，真是让我醉了。从老山颠簸到天保口岸，一路下坡，海拔直降1000多米，车窗外的景色逐渐从高山森林变幻成热带植物，棕榈、木瓜高高地站在香蕉田里，也是让人醉了……到达天保口岸，“中国天保”四个大字在门头上清晰醒目，不倒的国门，站立成中华国土不容侵犯的民族气节，可惜没带护照，否则只需办个临时出入证，就可以去越南看一看异国风情了。

麻栗坡之行，最让我震撼的是响螺洞。去响螺洞是没有路的，一个七十多岁的大爷手持镰刀为我们一路披荆斩棘在前，越过溪水、穿过竹林方到洞口，漆黑的洞里伸手不见五指，同伴们的手电筒似点点星辰点缀洞中。当那个壮如小时候农村用的大水缸般的海螺状钟乳石出现在眼前时，当它被嘟嘟吹响时，我的眼又一次潮湿了，心碎到万古融化，为这四亿年的等待，为我穿过大半个中国来与它相见，我想，四亿年前，我肯定是它身边的那朵浪花……

这种洞，在麻栗坡还有很多未被发现，如果没有探险精神，可去已开发的清凉洞寻幽，那里是典型的喀斯特溶洞，不论南北东西，凡是溶洞该有的景观，毫不客气地全部到位。

回到县城薄雾已为其笼上轻纱，但听说被中外学者和专家誉为“色彩的奇迹、崖画的精品”的大王岩崖画，就在县城东500米处的羊角垴的石壁上，我还是心急火燎地跑去看了，岩崖画以红、黑、白三色绘制而成，在近50平方米的画面上绘有图像25个。这是文山古代部落先民给后人留下的一扇窗，可是没有人能推开，有人说看到了部落之间的战争，有人说看到了宗教活动，我说这是悠远时光的抽象剪影，不同的人有不同的想象……画面上两个直立的主体人物欲说还休的模样，让来过的人都百思不得其解，他们俩究竟想告诉世人什么，让世人去探寻壮族领袖侬智高率兵起义时的金戈铁马，还是叙说侬智高出征前依依惜别的千般柔情？大王岩崖画神秘的气息弥漫在县城愈来愈暗的天色里。

宝石三七，文山献给世间的礼物

祖母绿原产老山山脉，在天保口岸有中国首家祖母绿店。走进这家店，心一下子清凉许多。麻栗坡出产的祖母绿晶体粗大，阳绿纯正，未经任何人工处理，达到宝石级的中国祖母绿更是完胜世界闻名的哥伦比亚祖母绿，堪称“世界帝王绿”，据说佩戴它可以触摸到地壳最真实的心跳。据说，基督徒认为耶稣的复活与祖母绿有关，它是重

中国祖母绿

获新生的象征，具备一种神圣的力量。印度人也对祖母绿极为崇拜，他们认为祖母绿能为佩带者带来好运，普通人以拥有一块祖母绿为荣，皇室更是收藏了大量价值连城的祖母绿珍宝。来到这里，怎能不带走属于自己的那块祖母绿？

三七

三七花

如果说宝石是不可或缺的护身符，那么三七就是美丽容颜最润泽的底色。传说两位天上的仙女姐妹有一年看到人间遭遇洪水灾难，就分别赶往东北长白山和西南边陲开化府文山制伏了兴风作浪的恶龙，使人间免受洪水之灾，而两位仙女却洒尽鲜血分别化作东北长白山的人参和西南边陲开化府文山的三七，继续造福人间，才有了“北人参、南三七”之说。文山三七自古以来就作为“伤科要药”久负盛名，素有金不换、南国神草、参中之王的美誉。《本草纲目拾遗》里说，“人参补气第一，三七补血第一，味同而功亦等，故称人参三七为中药之最珍贵者”，文山种植三七已有400余年的历史，加上低纬度、低气温、夏长冬暖的特殊地理气候特点，成就了文山三七的独特功效。

走进三七特产店里，三七粉、三七花、三七片……心都迷茫了，不知道该选哪一种，还是那个像三七花一样美丽的小姑娘推荐了三七粉，说是每天清晨把一小勺三七粉混在少量牛奶或水中喝下去，以后每天都会有一朵三七花在家里盛开。

行走的民族风情

热爱生活的文山人，从来不缺少节日，月月过节，天天唱歌，过的是土节，唱的是山歌。壮族的节日以农历计，最隆重的节日当数过大年。过大年壮族称为“景咪”，景是过节的意思，咪是母亲的意思，故也叫母亲节。广南牡露依人谷大年初三、初四都要举行“伦娅歪”，即迎接圣母、歌唱圣母的民俗活动，七里八乡的壮族群众齐聚依人谷载歌载舞，以原始的仪式将飞天的壮族始祖圣母接到人间，祈福风调雨顺、五谷丰登。

2014年大年初三，我有幸参加了依人谷的“伦娅歪”活动，中午12点一到，我们放下来不及吃完的鲜美鱼头，跟着接娅歪的队伍，翻过一座山头来到了一株百年老榕树下。这时候是静寂无声的，只有寨老的念念有词似有若无，原来为了不惊动娅歪，在娅歪现身前是不允许鼓乐响的，寨老的第一声鼓乐不响，整个寨子一年四季铜鼓都不能响。终于“咚”的一声，接着整个队伍的鼓乐都热闹起来了，接到了娅歪又到老人亭烧香祭拜，然后一路跳着舞向前。长龙似的队伍从高处往下看就似一路盛开的繁花，时而怒放，时而静寂，壮族传统手巾舞和兵器舞在一起一落间又似乎成了跳跃在山水间的精灵。到了广场，4支娅歪队在这里汇合，爬高台，舞兵器，耍的是一年四季的祈福，舞的是对娅歪母亲无限的爱。

传说，在“只知其母，不知其父”的年代，壮族孩子突然问起自己的母亲：“我的父亲哪里去了？”母亲怎么也解释不清，这个孩子一再追问，母亲厌烦地说了句：“你这个牛，怎么不会听话？”孩子说：“你才是牛呢！”母亲一气之下住到山洞里再也不回家。之后，人间受到上天的惩罚，连续三年大旱，孩子就去问布罗陀（壮族的神）怎么办？布罗陀告诉他：必须将母亲请回来到天上去求得雨水，才能种出庄稼，百姓才能活命。这就是接娅歪的来历。接娅歪的来历现在只有牡露村里的寨老能讲清楚，但一直都秘而不宣，通常都忌讳提及。

舞　朱志刚 摄

欢乐火把节　纪文琼 摄

花脸节狂欢　李明 摄

如果你想体会“万人空巷看河灯”的气势，可以一起去参加七月三十日在广南县八宝举行的八宝镇河灯节，壮乡儿女齐集八宝河岸放河灯，告慰死去的英烈。一盏盏的河灯，有的粉如红莲，有的灿如星光，有的如一弯木船……在河里一点一点远去，我们远去的亲人你们好吗，点一盏河灯照亮你们回家的路。还有二月初一西畴女子太阳节、三月三壮族在街节、7月18日普者黑的彝族花脸节、瑶族盘王节、彝族火把节、苗族踩花山，各种民族服饰、民族舞蹈、民族习俗让你眼花缭乱，节日的盛会离不开壮家儿女的跑马、沙戏、手巾舞、弄娅歪、纸马舞、兵器舞、铜鼓舞和壮乡礼乐，时时处处演绎文山的与众不同。

更有苗族拳王熊朝忠从这里走出中国，走向世界，成为中国第一位世界拳王，银腰带和金腰带得主，创造了中国职业拳击的历史。要离开时，又听到一个好消息，坡芽歌书合唱团摘取央视《合唱先锋》年度总决赛桂冠，到了坡芽，听到一个画符一首歌的神奇，你就会知道它为什么是天下第一部图载歌书，如果你想知道壮族的爱情密码，就来神奇的文山吧！

红河，万水千山总是情

红河，是云南的一片神奇沃土，北回归线恰好横穿于这片红土地的东西，特殊的地理位置似乎也赋予它浓厚的神秘色彩。

数千年前，被迫迁离故土诺玛阿美的哈尼人，远离了北方的蔓草荒年，一路迁徙，遇到了它才停下了脚步。他们不再囿于平原的平和，而是添了几分山地的凌厉，他们将涓涓细流引入海拔3000多米的哀牢深山，扯开迷茫的烟瘴，劈开层峦的山脉，重新建立家园。

如今，这片面积3.293万平方千米，拥有456.1万人的广袤地域，拥有滇南政治、经济、文化中心蒙自、有“锡之王国”个旧、有国家级历史文化名城建水；有河口和金水河两个国家级口岸；有世界闻名的锡文化、陶瓷文化和梯田文化……都说七彩云南，魅力难挡，

哈尼族妇女　李文华 摄

红河正是云南的缩影。这里热闹又多元，遍布晴明的山水，也偶有烟瘴的野林；写满故事，也落有遗憾，这一切都汇入了古老的红河水中，奔突向前……

个旧，北回归线上的世界锡都

在古老的红河流域，布满一个个充满沧桑与味道的城市，个旧是一个独特的存在。

车在老阴山和老阳山的夹缝中缓缓而行，再往前就是个旧。不得不说，这里的确是一个极特殊的地方——说起地形，它并不像云南大多数在“坝子”里的城市一样，少有起伏，地势平坦，而是身边簇拥着平均海拔2000米以上的高山。更难得的是，它是为数不多的身处北回归线上的中国城市。低纬度、高海拔的地理特点，让个旧丝毫没有北回归线上常有的燥热，而是气候适宜，空气湿润，草木茂盛，个旧也被称为“最适宜人类居住的城市之一”；说起历史，这里从五万年前就已经有人类的足迹，公元前一百多年前汉武大帝也曾“指点个旧”；说起经济，这里是世界闻名的锡都。个旧产锡，早在《汉书》中就有记载，“贲古，北采山出锡，西羊山出银、铅，南乌山出锡”，其中“贲古”就是现在的个旧、蒙自一带。两千年之久的锡业开发，让这里一直拥有一派富饶之景：在1587平方千米的土地上，不仅容纳了45.5万人口，人口密度超过东京、澳门，放眼望去，还有数座30多层的高楼鳞次栉比，夜景堪比维多利亚湾。

巴金曾这样描述个旧——“个旧并不是一个偏僻的小城市，它是中国一颗发光的宝石”。之所以是“中国的宝石”，主要因为锡。锡具有杀菌、无毒、不易氧化、富有光泽的特点，是仅次于金、银的绿色环保金属，自古流传有“盛酒酒香醇，盛水水清甜，贮茶色不变，插花花长久”的美誉。早在数百年前，锡就被用来制作容器，盛放食物和茶叶，甚至锡制的餐具也不在少数。

早在两千多年前，富藏锡的个旧就引起了西方国家的关注。1903年，法国人建成滇越铁路，西方工业文明的气息慢慢侵入了这个封闭的边陲小城。短短数年，这条充满殖民色彩的铁路，就使个旧意外地变成了中国工业文明的前沿阵地，也让个旧经济繁荣，被称为“东方小香港”。

如果你觉得这只是一时的风采，那就错了。锡矿的开采为个旧带来人群，他们有精明的商人、也有冒险下矿的工人，还有打造锡器的匠人，锡成了他们生活的一部分，也造就了那个年代的精彩。直到今日，锡已经渗透到了当地人的生活日常中。比如，锡矿开采仍然是民间的大戏，倍受欢迎。这里交通便利，四通八达，路上行人往往步履匆匆。个旧，对于他们来说，不仅是一座现代化的城市，还代表着拼搏与梦想。

清晨由河口口岸入境的越南商贩　钟显雾 摄

想感受老个旧的滋味，就一定要逛逛老城、老巷，从城南走到城北，从古旧走到新潮，这里既有曲折幽深的小巷、古朴的石桌石墩，又有清净的庭院、寺院，还有新潮的店铺、洋楼。如果还是不够滋味，不妨再登上宝丰隆。当地人说：“一座宝丰隆，半部个旧史”。

宝丰隆又叫“白雪楼”，是国内罕见的集商号、厂房、住宅为一体的建筑群，不仅是当时个旧豪宅中的典范，而且其冶炼炉也堪称个旧最大。

宝丰隆是个旧第一座混凝土浇筑的建筑，也是当时云南最高的建筑之一。走到宝丰隆里面，可以发现，从里到外都是法式的：配有欧式走廊的大锡交易所、宴会厅、酒柜、楼梯内的旋梯、护栏，都豪华气派，让人感叹当年的个旧就像屹立在东方的小巴黎一般，大气端庄，充满浪漫气息。

建水，马背上驮来的城市

“天气常如二三月，花枝不断四时春。”杨慎的一首诗，足以表达云南的美好，这也是建水的美好。

同居于祖国的西南边陲，建水与个旧却完全不同——如果说个旧是激流，建水则是一泓静水。

个旧作为一个移民城市，容纳了来自五湖四海的梦想与抱负，为不少人带来功与名。如果把不同的城市气质比作不同的人生阶段，个旧像是拼搏崛起的壮年时期，而建水则更像沉稳的中年时期。又或者说，在个旧打拼闯前程，在建水享受安宁的生活。

建水即临安，临安即建水，这里在远古时期只是一片广阔的山间大

建水文庙 刘曙 摄

湖，后来宋代发生地震，地貌变动，才有了坝子，湖水退去，土地裸露出来，成为一片广阔的沃土。

3500多年前，建水大地就出现了人类的足迹。他们栖息洞穴，狩猎为生，用粗陋的工具打制出石斧，用水土和火镕成陶罐、陶坠、陶弹，开启了建水最早的文明。

在汉唐时期，建水还是云南通往越南的“通海城路”上的交通要塞，也是南方丝绸之路的交通要道。

唐宋年间，两个王朝与南诏国、大理国的多次战争，都是经过这条古通道进行，内地产品也通过古道交流往返于云南与南亚诸国。就是在这一历史背景之下，位于滇南崇山峻岭中的建水，成了连接滇中、滇东南以及云南通往越南以至中南半岛国际通道上的重要城镇。

在当时交通不便的年代，货物运输主要靠马帮。一支大型商队，常常拥有数百匹马。来自各地的茶叶、盐巴、丝绸和外面世界的纷繁讯息，都被裹挟在马背上，伴着清脆悦耳的马铃声，穿过了云山雾绕的深山、古道，来到了建水，为这一方土地带来了充盈的物资和繁荣的景象。因此，建水，完全可以被称为“马背上驮来的城市”。

经济的繁荣与发展也带来了文化的繁荣：建水在建筑、文化古迹、古代民居等方方面面都可圈可点，颇有看点。

走在历经了百年风霜的朝阳楼上，你可以俯瞰城市的景致。朝阳楼的修建时间比天安门还早，与中国古代城楼的建制一样，它也依地势筑于高埠。巨型青砖镶砌的高大门墙，中间以土夯实，形成一个大型的墩台。起于高台上的三层楼阁，高24.45米，没有一钉一卯，相当于现在的

朝阳楼

8层楼高，在古代已经算很高的建筑。面积414平方米，三重檐歇山顶建筑，由40多根巨大的木柱和无数粗大的楹梁相衔而成。百年风霜，白驹过隙，朝阳楼虽然饱经风霜雨雪和数次大地震，至今却仍然十分坚固，保持着初建时的威严。

由砖石和文化凝固而成的朝阳楼，有着丰厚的历史文化底蕴。楼上悬挂的“雄镇东南”四块独字匾额，为临安知府来谦鸣题词，石屏为著名书法家涂日卓所书。引人入胜的“飞霞流云”四块狂草独字方匾，连绵回绕，传闻是唐代草圣张旭真迹。赫然醒目的“朝阳楼”楷书方匾，传说是清代临安知府、著名书法家王文治所题。

朝阳楼是建水雄镇南滇第一城的辉煌见证。清乾隆年间编撰的《建水州志》中曾载有“东楼凌汉”一景，称其“高百尺，千霄插天，下瞰城市，烟火万家，风光无际。旭日初升，晖光远映，遥望层楼，如黄鹤、如岳阳，南中大观。”可见景致非凡，蔚为大观。

我一直想一睹古代民居的精髓，看过乔家大院、常家大院，来到建水，也想一睹当地著名的朱家花园里的“红颜临窗，对镜梳妆”韵味。

朱家花园有“西南边陲大观园”之称，走进这座地处云南建水古城建新街中段，占地两万多平方米的古宅，可以看到如人腰粗的抱柱上的一副楹联上面写着“玉洁珠辉文宝贵，水流山润地光华”，足以见得这是一处颇有文人风雅的大户人家。三套三进的院落，配以镂空的花墙、繁茂的绿色植物，让人感到无限情趣。

与我之前探访过的乔家大院、常家大院不同，朱家花园更显得错落有致，风雅有韵。这里的建筑上布满雕纹、诗画，文人风雅的味道处处皆有，到处都透露着浓浓的文人气息。

除了民居，建水还有66座大大小小的古桥，可以说，建水古城是被桥串联起来的，而且都是长桥。据云南地方志记载：元代以前，建水主要河流上就建有木桥和部分石板桥。明宣德四年（1429）在城东一里的沙拉河上首建迎恩桥，至民国时期，建水共建石桥66座，数量之多，居全省之冠。

当一座桥梁建好之后，建水人除祭天献地，举行热烈的“踩桥”仪式之外，还刻碑立石，记述建桥的经过和捐资数目。

桥多，种类也多，有仙人桥、双龙桥，一个个名字背后都有着各自的故事。走在桥上，除了感到一丝撑一把油纸伞游江南那般的清婉柔美，还能感受到擦肩而过的悸动。每座桥都是一个文化层面，66座带有不同故事的桥交织、碰撞，人走在上面就已经所获颇多。

与桥气息相通的，还有城里的古井。所谓院外有桥，院内有井，古城内有700多座院落，竟然家家有井，现在很多井都还在用，井台上绳索的道道沟痕清晰可见，仿佛先人就在通过这星星点点的痕迹向我诉说着往日的故事。众多井中，位于西门的大板井水最特别，千年来这井水都是当地一绝。看上去，这里的井水与之前我在日本的大多寺庙前饮过的池水相比，更加清澈绵软。

古代说水好，主要看卖了供应给谁，供给茶馆的都是上等水，泡过茶后，清凉不发黄的，也是上等好水，大板井内的水就是如此。喝一捧大板井内的水，甘甜圆润沁入心脾，心生一阵清凉，牙齿都是甜的，原来水竟然也是有味道的！

石桥

桥与古井都像上天留给建水日常生活中的底蕴，站在桥上，走过井边，建水之水，都显得格外清凉。好像那水也有情，桥也有爱，井也有心。

建水的兴盛也吸引了无数名人的探访，徐霞客曾来过建水，曾去过建水燕子洞。燕子洞，位于建水城东三十千米处，每年有数万只雨燕到这里筑巢。另外，这里的溶洞也有三个景区，面积达两万多平方米，有亚洲第一溶洞的美誉。对于燕子洞，坊间有言：何处问佛来，桃花依旧随流水，此间有仙趣，燕子凭谁做主人。有这样的描述，足见燕子洞仙气十足，令人向往。

红河人有个习惯，每年八月初八都要来这里举行燕窝节，进行一年一度的燕窝采摘比赛。整个过程非常惊险，人在没有任何保护措施下在高百米的悬崖上攀爬，如果有机会看到，一定会心惊胆战。

在建水，你可以感到生活的节奏慢了下来。在街头，你看到最多的是一家人和和气气、平平顺顺地围坐在院落里，晒着太阳，眯着眼睛聊天、说笑。在云南享受慢生活的方式各有不同，我认为是这样——一个人的丽江，两个人的大理，一家人的建水。

滇越铁路：一条铁轨的故事

在云南红河，还有一条长达468千米的铁龙穿越了崇山峻岭、茂密森林，连通了云南和越南，它就是滇越铁路。

鸦片战争后，法国意图进一步打开古老中国西南之境，滇越铁路便是这把秘钥。1899年，在广东湛江沦为法国殖民地后，贪婪的列强提出开建越南至云南的铁路，清朝应允。1903年前后，滇越铁路竣工。

投资了上亿法郎的滇越铁路不仅是世界近代史上最艰巨的工程之一，也是我国唯一一条仍在使用运行的米轨铁路，更是我国铁路发展史乃至世界铁路发展史中极为珍贵的活文物、活标本和活化石。《世界遗产名录》有关遗产通道中有一类是“运输通道”，如奥地利塞梅林铁路、印度大吉岭喜马拉雅铁路，我想滇越铁路足以与之媲美。

滇越铁路不仅给云南带来了丰富的资源，也开启了近现代的工业和产业。比如，由于两种铁轨存在“半轨”与“寸轨”的差异，不能无缝对接，火车到站后，需要卸货，再装运到另一辆火车上。于是很多手脚麻利的装卸、搬运工开始出现，专门从事转运业务的行号也应运而生，它们就是如今快递公司的鼻祖。

然而，了解历史和走在古老的滇越铁路上，又是两种完全不同的心境。当火车行驶在阳宗海路段，铁轨就盘卧在距离湖面数百米高的峭壁山崖上，视野豁然开朗，云南第五大湖——阳宗海闯入视线，如蓝宝石一样的湖水镶嵌在山中，脉脉含情。

滇越铁路上还有一座蜚声国内外的桥梁——人字桥。这是一座大型单轨钢架铁路桥，与巴拿马运河和苏伊士运河并称“世界第三大奇迹工程”。滇越铁路由法国国家历史文化遗产“法国威敖铁路大桥”的设计者鲍尔波丁建造，当年滇越铁路铺设到四岔河的两面陡壁之间，当打穿了两边悬崖上的隧道时，两洞口相距仅60多米，可离谷底高达100多米，按当时的技术建造这样高的桥墩几乎是不可能的，最终由他做的人字形钢梁做桥梁的支撑，成功建成。

整个人字桥桥身，没有一根支撑的骨架，全用钢板、槽、角钢、铆钉连接，所用的上百吨钢制部件全在法国制成，运到中国后，由中国工人一段一段地背上山。

除了人字桥，碧色寨也是滇越铁路上的不灭印记。从1910年起的30

百年寸轨

多年间，碧色寨一直扮演滇越铁路沿线第一大站的角色，等待运输出国的锡、皮毛和大米装满了仓库，火车的汽笛声，搬运工的号子声昼夜不停，法、英、美、德、日本和希腊人接踵而至，纷纷在这里开设洋行、酒楼、百货公司、邮政局。每天有四十余对列车在此经停，拉人装货，洗车加水，热闹非凡。昆明人、越南人都艳羡地将繁荣的碧色寨称为“小巴黎”。

今天的碧色寨，虽然法式站房的红瓦黄墙完好矗立，墙上的钟却早已停了，站房位于车站北段，东西向，法国式砖木结构建筑，红瓦黄墙，一楼一底，站房两头的白色站牌，一眼看过去已经没有字了，只有走近了才能依稀辨出曾经写过三个字——碧色寨。

据说蔡锷将军当年在京城名妓小凤仙的帮助下，逃离北京，就是沿滇越铁路回昆明，掀起护国讨袁大旗的。列车在返昆途中，曾在碧色寨停靠，袁世凯命蒙自爪牙冒充当地绅商代表，以敬酒的名义，暗杀蔡锷。结果蔡锷将军的贴身副官下车代蔡锷答谢，被刺身亡，列车急忙启动，驶离碧色寨。这段故事，又为碧色寨披上了一层传奇的色彩。

蒙自碧色寨　刘曙 摄

苍茫山间，一个小小的法式车站守望着远方，坐上硬木绿皮火车，仿佛穿越到上世纪二三十年代的电影里，看窗外墨色山水，突然想到顾城的《门前》：“草在结它的种子，风在摇它的叶子。我们站着，不说话，就十分美好。”

元阳，立在云雾中的梯田王国

身子与身子靠在一起，靠在蓝天下，蓝天高处的风和云迅速奔走。身外的大地辽阔寂静，大地上的树一棵挨一棵，远山风起云涌……

这曾是我认为的最美景色。但当我抵达位于云南省元阳县哀牢山南部的元阳梯田时，我被眼前的景象深深震撼了——

元阳梯田主要有三大景区，多依树景区、老虎嘴景区、坝达景区，是红河哈尼梯田的主要景区。

清晨，17万亩梯田，一片宁静。

即便万籁俱寂之中也可以多少听取世界的动静，细微声响的聚集，首先是羊脖子上的铃声，其次是牛的叫声，最终是人的劳作声。

站在老虎嘴景区远眺，梯田依然被云海笼罩着。随着时间的推移，天渐渐亮起来，云飘散开，当太阳跳出天际，万亩梯田刹那间置身于金色的辉煌之中，那一抹金黄的亮色，投射到梯田里，梯田里的水瞬时变成了光滑的镜面，折射着万道金光。层层叠叠的梯田仿佛丝绸，华美异常。

我看过被称为世界奇迹的万里长城，见过兵马俑，见过气势恢宏的布达拉宫，它们都没能给我哈尼梯田这样的震撼和感动；也看过广西、贵州，甚至日本的梯田，相比较来说，也都难以与红河哈尼梯田媲美。

古代埃及人崇拜金字塔刺破天幕的光芒，从金字塔棱线的角度看上

元阳梯田　李文华 摄

去也确实如此。《金字塔铭文》中有这样的话："天空把自己的光芒伸向你，以便你可以去到天上，犹如拉的眼睛一样。""去到天上"象征至高无上的权力与锋芒。哈尼人更倾向于农耕文化中俯下身去的水土浓情。

一高一低，一伸一俯，文化的差异似乎就在这两种不同景致中显露无遗。

关于元阳梯田之美，还有最重要的一点：这里不仅是一处美景，更是哈尼族人的衣食所在，生活根基。哈尼族开垦的梯田随山势地形变化，缓坡上有大田，陡坡上有小田，甚至一些极细微的沟坎里也有田地。

追溯这片梯田的过往，被迫离开家园诺玛阿美，迁徙到哀牢山上的哈尼先民们，1300多年前就开始在山腰上开辟梯田，种植水稻。

一般的现代水稻经过三五年后，品种就会退化。令人惊叹的是，梯田水稻的红米基因千百年来不仅没有退化，还奇迹般地留存了下来——栽种在海拔1400米以上的哈尼梯田红米，适应了气候的变化和自然灾害，持久且稳定地生长在梯田之上。这种红糙米营养极为丰富，而且很耐饿。

最近，曾说过老了守一墙花开的舞蹈家杨丽萍居然来到元阳的梯田，身穿红袍翩翩起舞，蹁跹红裙舞在金黄的稻田上，杨丽萍的舞姿本就很美，选择元阳梯田为舞台，更是美与美的叠加，经典与经典的碰撞……

看完梯田，来到猛弄土司楼，步入土司楼的石阶，进入展厅，一部中国西南边陲的固边守土的史诗便呈现在面前；登上猛弄司署二楼，远眺，九重山峰在氤氲的云雾中显露出曲折的轮廓，伴随着山林与云雾一起跳跃，一切美得刚刚好。

河口，一城两国的神奇口岸

站在高处俯瞰，红河和南溪河交汇处有一座小城，奔腾的红河由此向下游流去，经年不息，这座城就是河口。

河口不仅是红河和南溪河的交汇处，还是中国与越南的分界线。从飞机上看，中国河口和越南老街隔河相望，它们也是我国陆上边界线上距离最近的两个异国城市，正所谓“一城两国”。中国和越南两个国家，也因为平时我感觉是非常遥远的，而此刻却让人觉得近到融为一体。对于生活在河口与老街的人来讲，这种“一体感”更为深刻。

很多越南老街人的生活，就是从这个写着“中国河口”的口岸开始的——越南人长长的扁担一头挑着水果，另一头揽着各式各样的蔬菜；特制的平板三轮车拖着麻袋或者物资，他们从带着“中国河口”字样的口岸走来，经过海关人员的简单检查后，又消失在河口的街道上。就是这种简单的你来我往，2010年中越河口、老街口岸的贸易额竟突破10亿美元。

令人意外的是，118年前，这种往来已经开始——中法战争之后，1887年，蒙自被开辟为通商口岸，随后河口成为蒙自海关一个进出口关卡。1897年，河口开埠通商，改关卡为分关。加之1903年滇越铁路越南段海防至老街竣工，次年连通河口和老街的铁路桥也完成，河口的交通

两国一城 钟显雾 摄

条件大为改善，商贸迅速繁荣，成为有名的“小香港”。

今天的河口，已成为国家一类口岸，成为云南省对外开放的重要窗口，成为中国西南地区进入东南亚最便捷的陆地通道之一。滇越铁路及红河、南溪河航道均以此地为枢纽，跨出国门。

中越大桥是河口口岸的重要标志，大桥横跨南溪河，全长76米，中间为中越国界，北段中方管辖，南段越方管辖，正中间有一条地线，可以一只脚踏着祖国大地，另一只脚迈向另外一个国度。国门有“中国河口”四个大字，可见国之威严。

大桥中间为窄轨铁道，奇特的是中国段的铁轨是直的，而越南段的铁轨是弯弯扭扭的，好似它的存在仅仅是为了印证铁路的存在。

歌德说，大自然是最伟大的一部书，在它每一页的字句里，我们读到最深奥的消息，并且这书上的文字是人人都懂的。

不同的河流有不同的景致，口岸之美与界河之美不同，中越的界河南溪河，是大自然对河口的馈赠，河流像一条玉带，从大围山的峡谷中缓缓流出，从波光中醒来。

河面时而狭窄弯曲，时而宽阔笔直。河流上一座座铁桥、混凝土桥、小铁索桥飞架其间。两岸峭壁林立，怪石众多。有南溪农场和蚂蝗堡农场种植的万顷橡胶和果木林，有原始亚热带丛林风光，有两岸参天古树遮天蔽日，古藤蔓枝攀岸附壁，岸边竹林婆娑，远处则群山对峙，连绵起伏，一片黛绿。

相比之下，莱茵河、西子湖、涅瓦河、扬子江……它们的魅力是永远明显的，而南溪河则是隐忍的。再看着穿梭于河口口岸头戴圆笠的越南人，不由得感慨万千。

在河口，大部分为山地，还有一处大围山自然保护区，这里的主峰大尖山高达2363米，最低海拔约76.4米，是我国西南地区最低海拔。站在最低的位置上，对周围的一切都是仰望，古道、峡谷、河流、大山、铁路、大桥、村庄都在你的身边围绕，河口地形的复杂性不言而喻。

弥勒，此弥勒非彼弥勒

地处红河州北部，距离河口289千米的弥勒县，又是另外一番景致。

虽然在弥勒，很多人礼佛，但此弥勒并非源于佛教，也不是“弥勒佛”的意思，而是源于古代少数民族部落首领的名字。据记载，唐代时该县为南诏国属地，公元749年，些莫徒蛮的后裔进入今弥勒县境内，其首领的名字叫弥勒，故称其部为弥勒部。元朝初年的1275年设弥勒千户于此。弥勒之名相传至今，已有1250多年历史。

在弥勒，地貌景观异常丰富，丘陵、盆地、岩溶山地等交错分布，植被资源多达870种，造就了多样化的自然旅游资源。

红河－弥勒－湖泉生态园

白龙洞，是弥勒典型的喀斯特地貌溶洞群的代表，这里原本是一片汪洋大海，地壳运动后，成为陆地，大量的钙质物留了下来。走在白龙洞里，可以看到洞中有洞，洞中有天，洞中有树，洞中有佛的景象，各种石柱、石笋盘虬卧龙般存在着，让人看了心生好奇，不得不感慨大自然的鬼斧神工。

在弥勒文化中，彝族阿细文化是不可缺少的一支。可邑村的村民专跳舞蹈，有350多年的历史，阿细跳月是他们最喜欢、最普及的民间集体舞蹈之一。这种舞蹈传说是阿细先民在刀耕火种时，为防止被烧过的木桩戳伤脚而本能地不断跳动，时间久了演化成的。

红河 - 弥勒 - 可邑小镇

如今的阿细跳月已经不再用树枝敲打伴奏，而用三弦和短笛伴奏。看一次阿细跳月，整个人都被感染了，也随着他们一起跳起来，真想从太阳下山跳到太阳升起。每一次跳跃，都是一颗心的震颤，从每个彝族男子脸上洋溢的笑容，就可以知道他们每天的生活就像阳光一样灿烂，黑夜一般安宁。

阿细跳月也记载了先民对火的崇拜，时至今日，阿细跳月依然伴随着“火”，已经成了阿细人祭火神狂欢中不可缺少的一项。

可以说，阿细跳月是民族的，更是世界的，它就像一朵花，绽放在弥勒，乃至红河的沃土之上，分外娇艳。

曲靖，每一处景色都让妙笔生花

大自然的一支妙笔，从马雄山出发，以水的曼妙多姿，迤逦曲折，画出了秀美的珠江，也在此用水墨画一般的风韵，徐徐勾勒出山清水秀的山城——曲靖。曲靖是云南省下辖地级市，位于云南省东部。

曲靖人文古迹众多，自然景观幽美，民风古朴。每一位到过曲靖的游客，都会情不自禁爱上她。我看曲靖的美，美在自然与古朴，喧嚣的红尘滚滚，现代化的快速发展，并没有过多地影响和破坏掉曲靖的安然若素，时光淡泊。

锦绣珠江源

探寻珠江源，现在做来是件容易事，驱车行至沾益县东北部的马雄山，美丽的珠江源就在马雄山顶至半山腰等着游人。这里有上下两个洞口，流水潺潺，自此流出的全长2214千米的珠江，是中国第三条大江，南中国第一江。但是你也许并不知道，当年著名的旅行家徐霞客曾经三次艰辛地寻找我们眼前的这两个洞口，而未得其果。

曲靖沾益珠江源

因珠江源而命名的珠江源景区，包罗了更多的内涵，我于五月中旬，终于来到了久闻其名的“珠江源”。

一路上满眼茂密的森林，随处是溪流淙淙，难怪辛勤的徐霞客也曾经迟迟不敢轻易下结论，到底哪一处才是真正的珠江源。“一水滴三江，一脉隔双盘”的奇异景观，终于得以亲眼所见。正是春夏时节，漫山遍野的马樱花如火如荼，鲜艳夺目。相传红艳似火的马樱花是彝家姑娘“梅维鲁”为反抗土司暴行，为民除害，最后以身殉难而用她的鲜血染红的。后人为了纪念这位美丽善良的彝家姑娘，每年农历二月初八这一天都要过马樱花节。

我对遍地婀娜多姿的伏地松也感到十分好奇，当地人讲，伏地松其实是云南松的变异树种，它们因为生长在马雄山间而变换了一种活法，它平地而卧，妖娆缠绵，不图高扬，虽然没有长成参天大树，却一样光彩照人。这些可敬的伏地松，多像人间的许多智者，把自己的身段放低，低入尘埃，但是这并不影响他们高洁的秉性。

除了看珠江正源奇景，珠江源景区还有好多可以细细品味的去处哦！当年徐霞客三渡寻源，沉思徘徊，油灯草卷，记述《滇游日记》。令人叹憾不息、肃然起敬。虽最终并未找到珠江正源，但其指定的范围应该是准确无误的，至今来珠江源景区游览的人都会来景区内的霞客草堂拜谒徐霞客。

另外还有被人称为“天下第一大罗盘”的珠源大罗盘，位于马雄山顶峰。直径两米重达四吨，在世界上都属罕见。上可仰观天文，下可俯查地理，中可通万物之情。来珠江源，一定记得来看看。

彩沙绘丹青——陆良沙林

陆良，在曲靖南部，居南盘江上游，被称为“千年爨乡地，高原鱼米乡”，素有“滇东明珠”的美誉。追溯陆良的历史，有史料记载，从西汉元封二年（公元前109年）始置同劳县，属益州郡。

到陆良是奔着彩色沙林来的，我满怀着对彩沙的好奇和神往终于置身这个一百八十公顷的大沙场。

不得不叹服大自然的神奇，你可知道踩在脚下的这些细小的沙粒，都是千万年来大自然演变的结果；要经历多少次地震冲击、岩浆喷射、地壳运动、风雨侵蚀，才逐步形成了千姿百态的地貌奇观啊！眼前是七彩沙子凝聚起来的沙柱、沙峰、沙屏、沙皱的集合体。座座沙峰或独矗，或相连，参差有致，远看成林，近看成峰，高者达30余米。忽而盘旋直上，忽而陡然垂落，峰回路转，沿谷两壁呈现一簇簇屏、嶂、峰、崖，以及千姿百态的造型。岁月流逝中，这片土地风化剥蚀，形成了层峦叠峰状；沙地自身以红、黄、白为主色调，杂以青、蓝、黑、灰色，由于季节、气候、日照及观赏角度的不同，产生绚丽多彩的色调，故名“彩色沙林”。我眼前的这片沙林不仅仅有旅游价值，沙林的地质更具有重要的科学价值。它是几亿年地壳运动的结果，地力的切割、抬拱、下降，形成了它复杂的地质地貌。它是不可多得的古地质地貌的标本，现已加入世界自然基金会，被列为世界遗产。在这里你不仅可以获取活的自然知识，还可以凭物怀古，顿悟世事之变迁，感怀沧海桑田之自然法则。

曲靖陆良彩色沙林

“冷眼叠沙惊斑彩，热风层林叹姿裁。漫步驿道藏真目，轻舟远古显沧海。”顺着这首诗的意境，我赤足站在暖融融的山丘上，放眼望去，惊叹沙峰、沙柱叠耸斑斓缤纷。一阵秋风吹过，更是感叹其形态婀娜多姿，仿佛是天工裁剪的一幅丹青国画。当人们闲步在驿道上考证沙林本来的面目时，却发现自己早已随着时间的隧道回到了远古时的汪洋大海。天下美景繁多，沙，这个字眼多给人荒凉悲怆之感，但是陆良的沙，却是如此绚烂和蓬勃，她是大自然奉献给人类的一块瑰宝。

泉水！我看到第一眼泉水的时候惊叫起来！在我印象当中仅仅有一眼泉水在沙海之中，那就是西北的月牙泉。而当地朋友大笑我的讶异！他们说，这里的泉，是沙林最为独到的景观，别看陆良沙林的名字中有个“沙”字，就以为那里没有水，恰恰相反，沙林内多处泉水浸渗，潺潺流水，增添了沙林之灵秀。晴时沙而不灰，干而不燥，雨时湿而不泥，行而不艰。在泉水的出口处，水压冲沙、翻滚蒸腾，似袅袅炊烟，如游龙出海，沙泉清澈透明，我迫不及待捧水而饮，水质口感甚好回味甘洌。

沙，在这里也是独具特色的，在沙林，可沙浴沙疗，可堆沙滑沙，可沙地狩猎，可沙地跑马，可沙地排球、足球，以沙为乐，内容丰富多彩。我最喜欢赤脚游沙林，最为惬意的是静站沙溪间，脚下的沙慢慢被溪水洗走，形成沙对脚面皮肤的摩擦，感觉无异于享受了一次全方位的足底按摩。静静躺在黄沙之上，仿佛人间万事万物都已走远，只剩温暖光阴里一个冗长的美梦，等你开始。

人间最静是终南

去终南山之前，详细了解了一下，终南山是陆良的三大名山之一。相传宋文帝大明年间为爨氏避暑地。宋末至明初为土司龙海所据，并在命名的营盘山构工事与明军对抗，明军攻取营寨时放火烧了营寨。明代中叶在山顶建宫，俗称终南山。寺前有“药王泉”，传说南极仙翁曾在此掌生，陈大仙放了条干黄鳝在潭中，因此长年不涸。山后是“王子坟”，其状酷似一少妇仰面而卧，双腿曲而不伸，当地人称“美女相思”，也有着和昆明西山睡美人一样的美好传说。山下的终南山湖（即终南山水库），三面环山，大面积宽广水域，碧波如镜，山光水色，秀绝终南。

亲自踏入终南山，我感觉立刻被茂密的森林包围了，一抬头见古木参天，花香迎面而来，没有半点的妖媚和世俗之味，清新悠远的香，在这亘古的沉静中，仿佛把花朵开出了声响。远观终南，林木葱茏笼，堆苍叠翠，其间偶有水榭楼台点缀，庙宇红墙上爬满藤蔓，基石已经被青苔覆满；近看终南，水静似镜，倒映山色，恍惚之间你已分不清哪些是真实的，哪些是水里的倒影。间或有鸟儿的一声鸣叫从头顶传来，裂帛一般撕破这沉寂，接着众多的鸟鸣附和起来……

我随着游人，沿九转十八弯的崎岖山路一路惬意地走下去，行至峰顶，殿宇恢宏，顿觉神清气爽，鸟瞰峰下，可见分布在山左的猛虎扑羊，山右的阎王静座，山前的金龟–出游和双龙戏水五个玲珑自然、形态逼真的峰岭，回头看终南湖碧水悠悠，宝殿内晨钟暮鼓，都给人超然的感觉。凡人至此，也是心静如水，好像你久寻不遇的禅，就一直等在这里。

生命之源——师宗凤凰谷

师宗县为曲靖市下辖县，是一个多民族聚居的山区农业县。因唐代时部落首领师宗率部聚居于匿弄甸（今师宗县城外西华村）而得名。属云南省革命老区县之一。寻访师宗，第一站一定是凤凰谷。

凤凰谷景区位于曲靖市师宗县五龙壮族乡，谷内绝壁万仞，溪水潺潺，溶洞幽胜。洞高218米，可用高、大、险、奇、绝五个字形容，洞口阴柔婉致，状似女阴，与藏于卢浮宫的世界名画“生命之门”如出一辙的外形奇观使人产生对生命之源的感悟。凤凰谷被誉为中国第一性文化

欢乐的五龙河

公园，是云南旅游必游之地和情侣游首选之地。也许正因如此，我深深感觉到来这个景观的游客都带着膜拜者的虔诚。

说到“性文化”，在来的路上我与当地朋友沟通的时候，还是尽量做了避讳，询问变得小心翼翼，总有什么让我直面这个话题的时候有些羞于启齿，但是当我身临其境，站立在她的面前，那坦坦荡荡呈现在天地之间的“女阴”“生命之门”（高218米），感受到的只有震撼和赞叹，自然生命竟如此伟大。凤凰谷还有形似“男根”的巨型钟乳石，它象征着雄性的坚实和伟岸，正是它们呈现了天地、阴阳、男女自然景象，让凤凰谷这一奇特景观闪耀于5000年的华夏文明之中，成为国内旅游景区中唯一能够将自然景观与生命文化结合得浑然天成的景区。

景区讲解人员告诉我，关于凤凰谷的由来有一个美丽的传说。相传，玉皇大帝的天宫里有一位美丽善良的仙女叫岩凤，因倾慕人间恩爱，不甘天上寂寞，遂与卫士南丹相爱，她们的爱情触犯了天条，被玉帝逐出天宫，贬到凡间。岩凤和南丹骑着一只传说中的凤凰翩翩而降，来到一个温暖湿润的河谷地区，在那里繁衍生息。不久，生下一个女儿叫“丹凤”，化为今天城郊的丹凤山；两年后，又一胎生下五个儿子叫“五龙”，化为五龙境内的五条河。岩凤生育五龙时献出了生命，其生殖器官就凝固下来，变成今天的“岩峰洞”。岩凤死后，南丹悲痛欲绝，一直守望在她的东南侧，天长日久，就化为一座雄峻的高山——南丹山。所以，我们也称南丹山为“生命之根”，岩峰洞为“生命之门”，凤凰降落的河谷就叫“凤凰谷”。

这个流传广泛的传说，更为凤凰谷涂上神秘的一笔。到底是肉身化为了山谷，还是山谷吸收了日月精华，而有了生命的灵性？我们已不能得知答案，但是我周围一对对情侣在此双双祈愿，我用祝福的目光看着他们，也鼓励年轻人都到这里来看看，生命来之艰辛，且行且珍惜；性爱是美好的自然事物，是上苍赐予生命的馈赠，但是她需要像凤凰谷里的生命之门、生命之根一样专一和坚定，才能是坦荡从容的，才能是幸福而美好的，而不是泛泛的淫欲和乱性，这一点，老天用他的刀斧神功雕刻了两性的模板，留给我们这些后人领悟。

走出凤凰谷，已经是下午，回头望，五月的暖阳，如温暖的佛光普照，让这人声喧哗的凤凰谷重新回到宁静安详的古意之中。

绿野仙踪菌子山

菌子山地处滇东旅游热线中段，位于师宗县五龙、龙庆、大同三乡结合部。据清代《师宗州志》记载，这里曾因山势险峻，型似鹦鹉，定名为“鹦鹉山”，后因盛产各种野生菌子，故改名为“菌子山”。脚下的菌子山，属乌蒙山南延尾部，最高峰海拔2400多米，是师宗县的最高点，森林覆盖面积超过90%，大面积的杜鹃、麻栎、青岗栎郁郁葱葱地随山势起伏，小叶榕树点缀其间，让这些翠绿有了层次和深浅，正是这份深藏的古朴和铺天盖地的植物，让我想起了绿野仙踪这四个字。

眼前的菌子山，地处喀斯特地貌的丘陵缓坡，所以生就了一片石灰岩地层地貌景观，恰似一片古城废墟，岩石扮演着残垣断壁，青砖灰瓦。同时由于这里降雨充沛，气候温和湿润，植物生长能力极强，因此在大片石灰岩地貌中，处处可见大树树木生长在石缝里、石层中、峭壁上，因而形成了石夹树、树伴石、石形独特、树形优美的罕见景观。在蜿蜒起伏的石山环围之下，怪石嶙峋，层层叠叠，错落有致，古树、枯桩、绿藤散布，宛如一座饱经风雨剥蚀的天然古城池。

每年阳春时节，花满枝头，飞红点翠，山岭尽红。尽管为时稍晚，我还是特意找到了传说中的“千年鹃”，这是一株树龄长达1600余年的杜鹃树！我更愿意叫她“杜鹃皇后”，每年2至3月份是菌子山的杜鹃花期，杜鹃花花色鲜红，花期40天左右。盛开时，这棵千年鹃数千朵绽放的杜鹃花，红艳夺目、含羞欲滴，一棵独木已然成为菌子山最靓丽的景观之一。而五月的千年鹃谦逊地低垂并不显眼的叶片，默默吸取着日照，吸取着深土里的养分和水，期待着与春天的再度重逢。

菌子山上还有一种好看的花树——红花木莲，国家二级珍稀植物，常绿阔叶乔木，树冠一直伸向云端，挺拔俊秀，宽大的叶片翠绿光亮，8月正是新鲜的果实挂满枝头的季节，菌子山的红花木莲约有七十多亩，是国内迄今发现最大的红花木莲自然群落。

到菌子山不吃蘑菇怎么行呢？山脚下的农家，自制蘑菇宴，足以满足你由蘑菇能想到的一切美味的欲望，鲜蘑菇炖在明火的大锅里，伴着山里散养的土鸡，干蘑菇你可装进行李箱，那是远行之后的最好馈赠和分享，喝一盏苦香的三七茶，静静等一盘盘美味的蘑菇上桌，绿野仙踪里，你已经被这片安逸的土地变成了另一个婉容悦色的菌子山里的人。

罗平油菜花——金浪滔天

罗平是曲靖市下辖县，优越的地理位置、便利独特的气候，造就了罗平独特的生态农业。每年2至3月，连片的几十万亩油菜花在罗平坝子竞相怒放、流金溢彩，绵延数十里，好似金浪滔滔的海洋，凡驻足这个最大的天然花园，无不感叹罗平是“金玉满堂之乡”。

说到油菜花，许多人都欣赏过，我在阿尔山的腹地看到过起伏在山地上的油菜花，随着山体曲线的折叠时隐时现，给人意犹未尽之感；而在皖南的早春也有油菜花点缀在青茏的麦地之间，但皖南的村野不够开阔，阡陌狭窄相通，人多地少，零星分布的油菜花，宛如土地的主人突

罗平油菜花　李文华 摄

罗平油菜花　李文华 摄

来的一份闲情雅致罢了，成不了油菜花海。2月下旬，我在罗平看到的油菜花，才真的是花海，并且因为油菜花种植地域辽阔，而成为来云南旅游的必选之地。

罗平的油菜花海到底有多壮观呢？这世界上恐怕还没有第二个花海，有国道和铁路穿过，324国道、南昆铁路从花海中横贯而过，有“中国吉普赛人”之称的养蜂人，聚在花海之中，放蜂追花采蜜。3月艳阳之下，我们开车在罗平的周边县道里乱钻。油菜花懒洋洋地睡在水雾中，有全开的、半开的、含苞待放的，一簇簇招展在春风里，有淡淡的菜花香夹道相迎，远处是云南大地朝气蓬勃的碧绿底色，山峦作美，水声附和，哪里的油菜花比得了如此的阵势如此的规模呢？朋友介绍说，赏罗平油菜花有三个最好的去处：金鸡峰梯田、螺丝梯田、牛街梯田。这三处梯田风格迥异，或是恢宏大气、或是鬼斧神工、或是婉约含蓄。

不到罗平，你就不敢想象海洋可以是黄色的，金黄、鹅黄、浅黄、柠檬黄夹杂相伴，迤逦几十万亩！春风殷勤相伴，大地在刹那间转换成金浪滔天的汪洋，穿行的巴士和轿车，也就成了汪洋中的舰艇和舟艇，远处有好看的女子拉起白色的纱巾在拍照，而那恰巧又是我眼中海上的鸥鸟！是的，只有胸怀宽广的罗平，只有承载过古老的夜郎文化的罗平，才会有这样的油菜花。

只有罗平的油菜花，才能被称为“花海”。

化身为水的龙——九龙瀑布

从罗平县城向东北方向，缓慢行驶二十分钟即到达了九龙瀑布。

停车河边，循着滔滔水声，很容易就找到九龙瀑布，脚下的九龙河从白腊背后的群山中呼啸着奔腾而来，养育着罗平大地上的各民族儿女，因此我把九龙瀑布看做是曲靖的灵魂所在。

传说当年神龙在这里大胜铜鼓精，从此镇守这方水域，护佑这九龙河两岸的人民。由于得天独厚的地质构造和水流的长期侵蚀，我们今天才能欣赏到在此形成的十级高低宽窄不等、形态各异的瀑布群，它们或雄伟、或险峻、或秀美、或舒缓，美不胜收、绝伦无比。仔细分辨，瀑与瀑之间有无数的浅滩和深潭，各显丰姿。丰水季节远在数里之外即可听到水声巨响。

曲靖罗平九龙瀑布

为了更多方位欣赏这磅礴之水，我搭乘缆车登上山顶的观景台，站在观景台上真可以“一目十瀑”，九龙瀑的风光尽收眼底。其中最大一条瀑布高56米，宽110米，号称九龙第一瀑，也称“神龙瀑”。惊叹之间，仿佛看到这些化身为水的龙又鲜活起来，腾云驾雾，舞尾弄爪，眉须生风，而巨大的流水声，多像他们翻滚时发出的呐喊。

我放弃坐缆车，顺石阶而下，近处仰望，瀑流恰似天河泻落，雾气升腾，势若雷霆万钧。身边的九龙十瀑之间，以浅滩或深潭相连，形成了一串辉映太阳光芒的明珠彩带。这些瀑布随着季节的更替变化而变幻，令人目不暇接。据当地布依族群众说，神龙大战铜鼓精时，那狂暴的鼓精便是砸在这巨石上而粉身碎骨的。站在巨石之上，只见滔滔江水从天而降，扯开宽阔的胸膛，似天河泻落，势如雷霆万钧，震撼着山河。我看九龙大瀑布的规模、气势、景观与曾经到访过的黄果树瀑布不相上下，而景点的密集程度却远远胜过了黄果树。在九龙瀑布仅四千米长的河道上，便有大小数十个钙化滩和十多级瀑布，形状奇特，植被完好，在国内也属罕见。

告别九龙瀑布，从九龙河转向另外一条河，布依族人的母亲河——

多依河。多依河，既有踩石戏水之处，又有围石而憩的干燥之地，顺便穿上当地布依族妇女美丽的绣花衣，做半日的布依族人。跟当地居民融合在一起，看着布依族妇女在河边卖烧烤、男人们赤腿在河里捕鱼、青年男女在河边对唱情歌、或是劳作后背着小孩回家、或是好友围坐烤火吃粑粑……柔美清幽的多依河，流淌着讲不完的故事和布依族人的生活情趣。她们说，我们没有钱、但是我们每天都很开心，每天的生活就是这样。

我想所谓“祥和安泰”，无非就是布依族人的生活这样，简单，快乐，这是人类最初的富足感。

古辕口里看夕阳——会泽古城

会泽，是云南九个历史文化名城之一，历史悠久，在秦汉时为古夜郎地，汉设堂琅县，唐置唐兴县，明置东川府，清置会泽县至今，已有两千多年的历史，1995年被列为云南省历史文化名城。

曲靖会泽大海草山

初到会泽，就被会泽那独特的街心地标给吸引住了！一枚硕大的古币铜质雕塑，非常惹眼，围绕着这枚古币，布置了盆景花卉，绿植喷泉，如众星捧月般尊贵，仔细辨认外圆内方的古币上

曲靖会泽　第121座国家历史文化名城

的四字为“嘉靖通宝”，带着不解，我叩响了会泽的历史之门。

原来，在漫长的历史长河中，会泽因矿冶业的兴旺而鼎盛一时。东汉时期，会泽铸造锻打的“堂琅铜洗”闻名遐迩。到了明朝，会泽的铜、铅进入了有一定规模的开采时期，现存的一枚直径57.8厘米，重41.4千克、铸有“嘉靖通宝”的开炉纪念币，不论从直径和质量上都堪称世界古金属钱币之最。我在会泽古城的中心街区见到的雕塑，就是以此为模本的。

清乾嘉年间，会泽在开采铜、铅的冶炼、铸造、京运等方面可谓盛况空前，会泽县城因而被冠以“万里京运第一城”。由于矿冶业的兴旺，吸引了赣浙桂川黔等地商贾云集，至今会泽留下各省会馆寺庙100余座，形成了别具一格的铜文化和会馆文化。会泽古城内的建筑基本保持了会馆盛行年代的古朴风格，现代的新建筑并不多，新建筑也倾向于与旧建筑的统一，用灰瓦、红墙，古辕门内外，一片暖融融的古意，廊檐的油彩被夕阳照得透亮，人们好像千百年前的样子，忙碌而悠闲地从辕门口进进出出，古朴的民居里挂出新鲜的招牌，有家庭旅馆，有百姓药店，有馒头铺有水果摊，一声声不尽相同的吆喝响彻街头巷尾。

“十里不同俗，一巷不同音”是会泽的文化特色。会泽的文化以它的多元性独树一帜，据考证，会泽是彝族起源和发展的中心区域。清初，中原汉族大量进入会泽，带来了不同地域的多元的汉文化，赣秦楚闽川文化在这块土地上争奇斗艳，形成了不同风格的会馆建筑。多种民族的宗教信仰及偶像崇拜，融各省之长又结合当地实际建盖的民居民宅，不同的民风民俗及民族风情，响彻坝子的彝族海腔，街头巷尾的小唱灯，苗族同胞的芦笙舞会，道教的洞经音乐，无不透出会泽多元文化及民族风情的品格和韵味。

唐继尧故居坐落在会泽县城北内街三道巷，中国近代史上护国讨袁的护国元勋唐继尧就出生在这里，在其一生短短的44年中，有21年是在会泽度过的。朱红大门，高门槛，门口有对联“护国讨袁南天一柱，治滇兴教东陆独尊”。唐继尧家世并不显赫，只是一个爱读书的书香门第，也可以说唐继尧是会泽千千万万平凡百姓中的一员，叱咤风云的护国护法之人，创办云南第一所大学之人，都是历史附加给他的光环，站

霁雾浣花

在唐继尧的铜像前，仿佛能见到此时此刻，那个文武双全的会泽之子，身穿长衫，手持书卷，正从辕门外归来，若不是历史风云，时代更迁，他也许本愿做一介书生。

夕照之下我独登金钟山，金钟山位于会泽县城西南角，形如钟覆而得名，山上青石嶙峋，古柏盘虬。一抹夕照，金钟山金光闪闪，山上的古柏苍松，向阳的一面呈紫红色，背阳的一面呈绿黑色，在徐徐山风的吹拂下，左右摇晃，更是五光十色、叫人感到眼花缭乱，动人心弦。会泽人民把金钟山视为福地。两百多年前就在山上植树造林，并且精心管理，不许砍伐。现在均已成材，且生形独特，一棵棵宛如蟠龙，使得金钟山更加葱绿、秀丽。

晚霞中，金钟山宁静幽深，置身其中，真如古诗所诵“梵王座下万株松，俯瞰孤城夕照红。山水无情人易老，十年旧梦绕群峰”。

乌蒙烟雨
访昭通

八月的乌蒙山，烟雨作美，更为昭通平添了烟雾缭绕里的妩媚多姿，她多像一位布衣素颜的绝色女子，擎着古朴油纸伞，从远古走来，历史的背影里，她逆光而行，一路走到我们面前。呼吸着她，有一些清凉，有一些湿润，有一些恍如隔世的迷香。前往昭通之前，想起毛主席那首举世闻名的《长征》就是在乌蒙写下的，那苍茫乌蒙，迤逦云贵，一下子浮现眼前："五岭逶迤腾细浪，乌蒙磅礴走泥丸。金沙水拍云崖暖，大渡桥横铁索寒。"这个从"早期智人化石"开始修炼的古城，真是处处埋下了神奇的伏笔。

追溯昭通起源

昭通处在云贵高原向四川盆地延伸的一个大斜坡上，是一座名副其实的山城。有人说，昭通的历史要从一枚牙齿说起。

这话有道理，所说的一枚牙齿，是1982年出土的距今十万年前的早期智人——昭通人的牙齿化石，称作"昭通人"，昭通人上承较早的

磅礴鸡公山

元谋猿人，下接西畴人、丽江人、昆明人等晚期智人，填补了二者之间的空白，增强了云南地区人类发展的连续性。说明在十万年前便有人类在这块土地上繁衍生息。大约距今一万年左右至距今四千年的约六千年时间里，居住在这里的先民们已广泛使用磨制石器，并懂得了制陶、纺织、农业和放牧等技术，开始了邑居和定居生活。史学家早有这样的定论：昭通为云南文化的“三大发祥地”之一，云南的三大文化是指昭通的朱提文化、大理的南诏文化、昆明和玉溪的古滇文化。

唐代诗人李商隐《锦瑟》诗中有“庄生晓梦迷蝴蝶，望帝春心托杜鹃”的佳句。诗中的“望帝”即出生在昭通，是这片土地上永远不落的太阳，他本名杜宇。杜宇入蜀，“教民务农”，得到蜀民的拥戴，后当上了蜀王，号望帝。据传，望帝杜宇勤政爱民，时刻挂念他的百姓，也鼓励他的百姓大力发展农业。望帝死后，他的灵魂变为一只杜鹃鸟。每年春季，杜鹃鸟飞来唤醒老百姓“快快布谷！快快布谷！”嘴巴啼得流出了血，滴滴鲜血洒在地上，竟然不断扩大，慢慢地染红了整片山坡，花吸收了之后就变成了杜鹃花。这就是成语“子规啼血”的来历。当地人告诉我“子规啼血”的传说在昭通还有好多版本呢，最为人们认可的是讲：望帝一日偶遇一位貌美贤淑之女子，徒生爱慕，苦苦相思，后千方百计邀到王宫，才知自己朝思暮想之人原是大臣鳖灵的妻子，又亲眼目睹鳖灵夫妻二人悲欣相见抱头痛哭，誓死不分离。望帝深受感动并念鳖灵辅国功高，决定禅位于鳖灵，并贺其夫妇团聚。在这之后，望帝修道，处西山而隐，化为杜鹃鸟，至春则啼，滴血则为杜鹃花。这声声啼叫是杜宇对那个魂牵梦绕的佳人的呼唤。唉！无论子规啼血为哪般，望帝杜宇都是个情深意长的帝王吧。无论你身为王侯将相还是布衣子民，辛勤耕耘，励精图治，才不辜负此生。

风雨彩虹路——五尺道

寻访昭通的前世过往，“五尺道”不容错过，我们一行四人奔向“五尺道”的时候适逢落雨，举着伞，踩着古朴的青石，向上攀援，两旁的山势陡峭，有林荫从路旁探过来，渐渐阳光斑驳而入，天空露出了湛蓝，回头望雾气重重的五尺道，已然在雨后化作缤纷的彩虹。八月的山间仍然凉爽可人，空气里有芬芳的水气，山风过处一片清凉。遥想两千多年前，秦孝文王元年（前250），蜀郡太守李冰招募劳力开山采石，修筑巴蜀通滇道路（僰道）。由于岩石坚硬，工程艰巨，仅修通从成都到宜宾的道路。而时至公元前221年，秦始皇统一六国后，派遣常頞续

豆沙关五尺道

修，并把道路扩宽为五尺，沿朱提江上溯，经今盐、大、昭、威宁、宣威至曲靖，全长2000余里，史称五尺道。中原文化的南渐，昭通地处“五尺道”枢纽，得风气之先，是云南最早、最充分接受中原文化影响的地区。

这是一条让我们望而生畏的路，不仅仅因为山高路陡，更因为此道虽宽五尺，但由于沿途山势太险，人工凿通实在不易。据说当时尚未发明炸药，只能在岩石上架柴猛烧，然后泼冷水使之炸裂。这条道路尽管狭窄，却和秦始皇在全国其他地区兴修的宽达五十步的“驰道”具有同等重要的意义，是云南与蜀的重要商道。

现在行走五尺道仍然清晰可见当年的马蹄印迹，当地人告诉我们，这些马蹄印有350米，共243个马蹄印，五尺道被誉为“古代的高速公路”，是南丝绸之路的一段，来往的马帮就走在古老的马蹄印上，虽然当地的交通已相当发达，213国道贯穿南北，但是至今当地老百姓出行仍

豆沙八阵岭　张一枚 摄

习惯走五尺道。这是一种习惯，也是一种信仰。

在五尺道的峭壁上，有一块斑驳的石刻，字迹虽已模糊难辨，但依旧可以领略几百年前袁滋书法的苍劲美妙，也能懂得当年他旅途的艰辛、内心的焦虑。是啊，就要走出两山对峙的石门关了，过了石门关，就是“蛮荒之地”云南了，前途渺茫之际再看脚下波涛滚滚的朱提江，他渴望唐与南诏的友好能真正成行，于是提笔将其史实记载下来。石刻在关口的悬岩上，周围有剥落的土层，夹缝里长出茅草，这块赫赫有名的袁滋摩崖题记碑刻记载了唐与南诏友好关系的史实，是民族团结的象征，是研究唐与南诏的重要实物资料。此碑在特殊时期，曾经被人挖走过破坏过，是前些年才回归原位的。1988年1月，国务院公布其为第三批国家重点保护文物单位。此碑与大理的南诏德化碑，被称为“姊妹碑”。一块沉默不语的石碑高高悬于历史之上，也许百姓不太关心什么时间是南诏王朝，什么时间是大唐盛世，众人唯愿天下太平，时境安稳。

我脚下所踩着的山路，也叫石门道，千百年风雨飘摇，石板和山岩，牢不可摧，让我们产生了错觉，仿佛穿越回唐代，巴蜀通滇道路因为南诏与唐的分分合合的政治迂回，而导致这个石门关时而恢复畅通，时而又是闭塞禁行的。直到唐贞元九年（793），唐与南诏恢复往来，西川节度使韦皋遣巡官监察御史马益流率行营兵，整修石门道，并于沿途设置驿站。石门道从那时起便一直畅通无阻了！脚踏古道，心生庆幸为苦于奔波的芸芸众生！现在这条古道仍遍布熙熙攘攘的游人和行者，他们在我眼里，也都走在唐代，他们自四川宜宾南行，经庆符、高县、筠连，经盐、大、昭、贵州威宁，到宣威至曲靖。五尺道行过石门关就是中原地带了。石门关是当时中原与蛮夷之地的分界点。说到中原说到蛮夷之地，我觉得都有历史的局限性，各民族的融合才是最恒久的路，就像这千百年风采依旧的五尺道。

我以为五尺道走到石门关就是尽头了，但这里的山峦叠嶂跟我们玩起了捉迷藏，沿五尺道登上石门关，游人们大多认为前面该是崇山峻岭，其实不然，过了石门关，是掩映于百里青翠之间的一个神奇的历史名镇——豆沙古镇。这深藏在山坳的盐津豆沙古镇因石门关在历史上交通枢纽的作用得以繁荣，几经战乱地震等破坏，至今仍然生机勃勃地藏在石门关背后，以沧桑不改的颜容笑对八方来客。

此处真可以说是：一关南北锁，五道通古今。

消亡在峭壁的瓦石僰人

早就耳闻瓦石僰人悬棺，今年初秋与当地朋友前去寻访。悬棺位于威信县长安乡瓦石行政村棺木崖和白虎岩上，与四川省珙县僰人悬棺基本相同，僰人棺前为林凤河瓦石段。赶往瓦石，所看到的与想象又大不同，原来以为悬棺会掩藏树木深处，其实不然，这里的悬崖峭壁并无半点绿色陪衬，黄褐色的岩石冷峻突兀，真乃“绝境”。

我猜想当时如此安葬先人，是不是想让他们的灵魂自由自在攀援于悬崖峭壁，站得高望得远，才能最早发现敌人的进攻举动，而警示给后人，免受更多的战乱之苦呢？但事实上僰人最终全部消亡了，这些长久接受着风吹日晒的悬棺，像无望的枯叶，静默地任由岁月流远，一去不回。由于悬棺的大量朽坏脱落，现仅存3具，复制4具后共计7具。民间传说为何姓“白人子”墓。悬棺是明代以前遗物，石上凿孔，插入厚木，棺凌空横置木上，挂于数百米悬崖绝壁上，任凭风吹雨打。目前悬棺虽然经过部分整理，但原貌基本尚存。从山下仰望万仞绝壁上的悬棺，依稀可见想见瓦石僰人的生活景象而更多的瓦石僰人已经在历史长河里消失得无影无踪。

瓦石僰人悬棺　宋海龙 摄

景区负责人给我们翔实讲解僰人历史始末，有确凿的文史资料可知，僰人——亦称都掌蛮，在历史上长期活跃于川滇黔三省交会的“叙南六属”

之地（即今宜宾兴文县、长宁县、高县、珙县、庆符县、筠连县、昭通威信县、盐津县），自古以来是“西南夷”中的一支强悍民族。其社会演进和势力强盛崛起。

九丝山之战后，明军对逃遁云南深山林箐藏匿的僰人进行清剿搜杀，力图斩尽杀绝。阿大王被俘后在成都被公审杀害，迫使幸存的僰人或逃亡他乡，或瞒族隐姓。甚至，一些在战争中俘捉的难民已被明王朝地方官吏改姓换名，赐为他姓。这次亡族灭种的大屠杀，是西南民族史上最为悲壮惨烈的一页，一支古老民族竟然在西南的崇山峻岭从此消失而不复见于记载。一场刀光剑影暗淡了，一阵鼓角争鸣远去了，僰人也从此在历史的长河中永久地消失了。这是一个存留史如此短暂的民族，却留下悬于绝壁的先人之骨悲叹着世间千百年的沧海桑田。

僰人也为后世留下了太多的难解之谜，僰人到底从何而来？族属源头在哪里？他们的政治组织体系是怎样的？他们的军事战斗又是如何？生产力达到什么水平？为何要行悬棺葬？千斤棺木怎置高崖峭壁？最后又归何方？而今后裔可在……对于这些疑问，怕是问询那些峭壁的悬棺，也找不到答案了。而这个消亡于绝境的民族也提醒我们，唯有各民族和睦相处，互敬互爱，才有各民族的共荣共赢，子孙后代才得以安居盛世，生生不息。

梧桐影里的昭通古城

时近中午，朋友要带我前往昭通古城。呈现在我眼前的古城区建筑让我大开眼界，这里既吸纳了官式建筑、庙堂式建筑、民居式建筑等方面的特点，又融入了昭通当地民居建筑风格和生活居住文化习惯，形成了以清代为主体又包含民国、中西合璧建筑形式的多元建筑风格。无论你钟情于红砖灰瓦，还是粉壁琉璃檐，总能找到与你期待的影子吻合的那一座楼宇。

昭通古城—陡街　杨德明 摄

我与陪同人员一起站在昭通古城中心，这里是昭通全城的制高点。极目四望，当地朋友指着那些纵横交错的大小街道告诉我，从20世纪30年代中叶，城内已有大小街道64条，这些街道今都安在。

昭通古城文脉源远流长，在璀璨的历史长河里，自古就是人文荟萃的地方。昭通古城是目前唯一最具规模、成片集中反映昭通历史文化和地区特色传统风貌区，是昭通传统市井文化、传统街巷风貌保护较好和街巷最密集的区域，具有较高的历史价值、文化价值和老昭通情感价值。我依稀看到古城改造留下的新鲜的痕迹，也会有现代感很强的建筑突现于一片古朴之中，但是新时代背景里的昭通已经能接受这些新鲜事物的存在了，一些历久弥新，一些物是人非，胸襟豁达的昭通人当然爱着这样古旧又充满活力的古城新貌。

早有耳闻，在清代，昭通古城曾一度遍布各地会馆，是远近闻名的“会馆之都”。而今站在高处俯瞰古城全貌，清代会馆古建筑群的星罗

大山包之秋　昭阳区委宣传部供稿

昭通大山包　李文华 摄

密布，跟纵横交错的古街道相得益彰，我认为这些珍贵的会馆建筑是昭通历史文化、传统民俗的精华所在。我们且不说那些青砖碧瓦，长廊短亭，单是古城里饱经风霜而又苍劲挺拔的梧桐，就足够惹得我们驻足仰望，爱从心生。

一直在昭通古城里走到夕阳西下，站在陡街上往下看，梧桐树如威严的武士从上西街开始一路站满，街道两旁一百多年前的法式建筑在拆下各种招牌后，如今素面朝天，露出了不施粉黛的容颜，一百多年来古典端庄的伫立，此刻一抹夕阳淡淡的余晖，看上去，愈发的柔美和怀旧。极目四望，有一些街道正在改造，意味着某一条宽阔的现代化大街即将出现，这是否也意味着某一条老街的消失呢？一个城市，一条街，是需要人文沉淀和历史积累的。否则，就没有了味觉，没有了根基，没有了厚重，静静的古城啊，但愿这一切，是对你沉睡百年的一次唤醒，一次重生。百年风雨之后的今天，你有再次展颜“第二春”的权利和机会……

从街头到街尾，伫立两旁的这一棵棵梧桐，是西街无法割舍的部分，是西街不舍脱下的漂亮衣裳，经年累月的风雨，魁梧的树干依旧昂立着，不卑不亢。老的新的树皮，或粗糙或绿嫩，颜色斑驳，像那将士们的迷彩军服。为了不影响街道两旁复杂交织的线缆，树冠过几年就得锯一次，不能参天的枝叶努力地向四周伸展着，伸展出一片片烈日下的荫凉。每每黄昏来临，夜幕低垂，梧桐树叶轻轻地摇曳着，把橘黄色的路灯光摇碎，星星点点跌落在地上。偶有晚风经过，满街的浓绿，就开始涌动。

与这样的一座风姿绰约的古城道别，谁都会舍不得，缓缓合上历史的书简，这隐于苍茫乌蒙山系的昭通古城其实早就在此等待与我相遇红尘了，行于磅礴山水之间，访于古意浓郁的街市，贴近土著昭通人，品尝美食美酒于深巷，探传奇神话于远村，真想从明天开始做个幸福的人，长留昭通古城，与一棵棵生机勃勃的梧桐树做伴。

云崖之暖一大峡谷温泉

今天我要去大峡谷温泉。这个景区地处云南北大门水富县金沙江边。当汽车停在景区的时候，不知不觉我们已经被绿色包围了，大峡谷依山而起，矗立入云，依石而建，敦实浑厚，依水得名，带着水气的灵秀和通透。景区工作人员介绍说温泉园区早在2011年5月就被评为国家AAAA级风景区。

大峡谷两壁的群山青翠迤逦，那远去的金沙江仿佛因为一场追逐从高处跌落，落荒而逃，才留下这急匆匆挥就的痕迹，那些湍急的水啊，仿佛都提着刀斧在赶路，还遗留下一些来不及冲出山谷的涓涓细流，那就是风景如画的大峡谷下两千多米的深处蕴藏着一股奇泉。

我此时站立在鼎沸的游人里，“金沙水拍云崖暖”仿佛是先知之言，也仿佛是个大胆的预想，但是今天确实成为了现实。这个水温高水质优的密林仙泉，得到了越来越多游客的赞誉。我也不例外，纵身于泉，让每一寸肌肤都来领略这深藏在乌蒙山深处的亘古不变的暖，水是暖的，阳光下的岩石是暖的，就连绵延无边的绿色都透出了暖。我突然找到了婴儿睡在母亲臂弯里的感觉，你睡着，你醒来，你打个哈欠，你揉揉眼睛，都闻得到母亲的体香，前生的梦已忘，一切美好都刚刚开始……

水的圆舞曲——黄连河瀑布群

大关黄连河瀑布群在距昭通市大关县五千米处，沿途山花烂漫、幽谷纵横、鸟语花香。

渐渐有清泉在路上奔涌，我们便到了黄连河瀑布群，这里的主要景点有仙女瀑、情郎瀑、少女瀑、月老瀑、鸳鸯瀑、洞房瀑、相思瀑、对歌瀑等等，还有神秘莫测、神态万千的白象洞，令人心旷神怡的水帘长廊和使人销魂惬意的大滑板等20多处，加上形似飞鸽的世界珍稀植物珙桐花，堪称天下奇景。

黄连河风光　周元江 摄

我所见到的每条瀑布形态各异各呈奇姿，让人过目不忘。对歌瀑，瀑布分五级跌落，总落差四十余米，瀑宽三四米。瀑布两侧树木葱郁山竹青翠，半山腰一片楠木银花朵朵。据说每逢农历五月初五，当地苗族青年男女欢聚瀑边，对唱山歌，选择意中人。年轻人穿得花团锦簇，连蝴蝶都在水的歌声里翩翩起舞，欣然加入了这一片蓬勃的春色里。我虽然错过了五月，但能在喧腾的水声里想象年轻人的欢愉和热情；团圆瀑，是三条瀑布直泻而下，最高的一条为父亲瀑，中间一条为母亲瀑；最小一条为娃娃瀑，三条瀑布坠落底台汇流于一体。在我眼里它们就是相亲相爱的一家人，在水流的欢声笑语里牵手同行，再没有比“团圆瀑”这三字更适合的名字啦。

早就久闻大名的水帘长廊位于猴子岩北侧溪沟中。瀑布沿崖顶漫流而下形成一幅巨大水帘，挂于长廊前。瀑布落差足足有二十米，其下为面积近千平方米的水潭。我们在八月看到的水帘长廊的瀑布水流不大，细碎如雨幕如珠帘如流苏，风里飞扬起水的千娇百媚。

云天麻的故乡——小草坝

“天麻甲天下”的小草坝省级风景名胜区位于云南省彝良县城的东北部，小草坝也是省级自然保护区。其千峰万仞、深谷溪涧、瀑布叠水、云雾弥漫的景色构造了既有四川九寨沟的神奇又有湖南张家界的婉约意境；蜚声海内外的小草坝天麻、朝天马神奇美丽的传说、“疑是银河落九天”的牛角岩瀑布，更唤起人们的美好遐想。人们每个季节来到小草坝都会有不同的收获。

我特意赶在秋季来到小草坝，不仅仅想领略枫林的秋色，更可以在这丰收的季节，亲眼去见见那大名鼎鼎的“云天麻”，提到天麻，必然提到昭通小草坝，这里的天麻产量之高，质量之好，在全国各天麻产区中雄居榜首。天麻是一种名贵中药，唐代著名诗人白居易《斋居》诗中

小草坝秋景　张毅卿 摄

彝良小草坝天麻

有"黄芪数匙粥，赤箭一瓯汤"的诗句，在古代天麻又名"赤箭"，可见唐代已把黄芪、天麻当食品熬粥煲汤了。我把天麻想象成人参草那般仙骨临风的样子，见到的天麻却让我大吃一惊！

天麻如此的平凡！鲜天麻有点像土豆山药的皮色，深藏在地下，茎叶也不显眼，这可是清朝皇室的贡品啊，如今野生的天麻、种植的天麻已经成为百姓常用的一味中药，也是很好的食疗和保健食材。秋天的原野里，丰收的天麻堆卧成小山，等待四面八方的买主络绎而来，此时正是万山红遍，秋水缠绵，彝良人民领受着自然造化赐予他们的美物，安适地乐居在小草坝水墨般的山水风光里，羡煞神仙。

彝良民间有一个很久的"双马朝天"的传说：古时候，小草坝的农民夜间听见马蹄声，似往四川方向奔跑，他们想看个究竟，便循声追去。在叙府（宜宾）一条街上，发现两匹高头大马把一富户蓄存酿酒的几大缸水喝得一干二净，主人气得七窍生烟、怒不可遏，带着仆人追赶出来，马无踪影，只见大街上留下庞大的足迹，主仆寻迹追赶，与云南追寻者相遇，共同追赶到流三江一带，再无足迹。正狐疑间，猛然抬头看见相隔不远的两座山峰如两匹昂头朝天的骏马横挡在前，山前还有一对金菩萨。追赶人恍然大悟，乃知是天官差遣运金佛下凡的神马，便将金佛遮掩起来，立即组织人财物在两座马山的上下修庙，敬奉金佛，与峨眉山结成兄弟。从此，朝天马在滇川远近闻名，朝拜者络绎不绝。叙府的追马街改为“走马街”。因时间的关系不能亲自去走“走马街”了，也不能去敬香礼佛，就在这美妙的传说中徜徉小草坝久远的历史吧，也就此别过每一棵平凡、饱满、丰盈的天麻。

昭通的红色华年

昭通，植被茂密，满目苍绿，古城里也有石板铺地，这使得我忽略了她的土地，我说要去寻访昭通的红色历史，当地朋友小娟说，昭通的土地都是红色的，去往扎西会议纪念馆的路上，我特意下车翻开路边的花草，不禁感慨万般，这里的土地确实是红色的，有一点像铁锈的颜色，明明知道这就是土壤分类里面的红壤，还是怔怔地问了好几遍这是为什么。小娟一脸郑重地告诉我，英雄的鲜血染红了她。这让我急不可待，迫切地想了解一下昭通的红色历史。

驱车继续前行，半个小时后抵达扎西会议纪念馆，纪念馆位于云贵川三省结合部素有“鸡鸣三省”之称的滇东北威信县城扎西镇东北角。纪念馆管理人员热情接待了我，他介绍说，扎西会议纪念馆是为了纪念1935年2月中央政治局在扎西镇等地召开的会议而建立的。1997年4月，扎西会议纪念馆被云南省委、省政府命名为首批“云南省爱国主义教育基地”。2001年6月，扎西会议会址被中共中央宣传部命名为“全国爱国主义教育示范基地”。纪念馆占地面积8960平方米，含扎西会议会址主体陈列和扎西陈列馆辅助陈列两个基本陈列。

放眼望去，扎西会议纪念馆依山而建，气势恢宏，可鸟瞰扎西全

扎西会议会址　郑方星 摄

景，扎西会议纪念馆中的扎西会议会址原为江西会馆（又称江西庙）和湖广会馆（又称禹王宫），是当地常见的木结构建筑，古色古香，典雅庄重。会议陈列馆有上下两层四个展室，展厅面积2590平方米，共展出各种图片170多幅，红军遗物70多件，较全面地反映和介绍了红军长征集结扎西、扎西会议、红军川滇黔边区游击队和云南游击支队的革命斗争历史与活动情况。历史的足音已走远，看着这一件件红军遗物，你仿佛看见了大潮过后，一些贝壳永远留在了海岸上，见证着曾经的潮流，曾经的汹涌澎湃。

纪念馆中有翔实的史料记载，云南支队在主力红军走后一直坚持斗争10余年，他们在物资匮乏、装备不足的情况下进行艰苦卓绝的斗争。云南支队的战士们，甘愿一腔热血洒春秋，把宝贵的生命交付给昭通大地，交付给中华民族的解放事业，在中国革命史上留下了光辉的不可磨灭的一页。

小娟还带我前往另外一处红军当年活动的旧址——大雪山原始森林，此处海拔1600米，曾是红军川滇黔游击纵队主要活动基地。当年的革命根据地，已找不到太多的物证来回忆他年的战火硝烟、枪林弹雨，只有大风鱼贯而入山谷的时候，你才会隐隐听见呐喊声、厮杀声、号角声四面响起，你才会深感岁月的洪流如此迅速地淹没了许多往事，而此时大雪山原始森林1万多公顷的碧绿，只招展着蓬勃的新生。

众多花卉，令人如痴如醉。大雪山还是水的乐园，沟壑的水不仅清澈见底，而且水流形态各异，洼畦的水纷呈碧绿，池塘的水状似明镜，“石棺材”、“万卷书”的水流在长达一至八华里的沙页岩上淌过，形成水奇观，飞鱼塘、昌水岩瀑布又使人心旷神怡。由于水的浸润，大雪山的洼地间至今仍保存着数百亩湿地，湿地上野花盛开，喷泉飞溅，形成奇特的景观。正是当年那些战火纷飞里逝去的生命，捍卫了这一片欣欣向荣，万物葱茏。当你踏上昭通的红土地，感慨万物生灵在此一派祥和生生不息，要记住是英雄的鲜血染红了这片热土。

昭通还深藏着另外一片原生林，那就是昭通市绥江、水富、盐津三县结合部的天然林，这片树林因为2014年底发生的水富县王氏兄弟误杀大熊猫案件引起生态部门高度重视，云南省及国家林业局组织的两次调查结果均显示：林下灌木层分布有大量筇竹、箭竹，生境状况初步判断符合大熊猫栖息的环境条件。看来对生存环境极度挑剔的大熊猫也看中了昭通这块风水宝地呢！

楚雄，探询
文明足迹的热土

在林深竹茂的川南，在云海缭绕的滇中，有一块布满史前足迹的热土。在这块热土上，似乎只要轻轻一擦，你就会点燃史前的灯塔，循着那些闪亮的光，你会捡拾起远古水生物、远古陆生动物、侏罗纪恐龙及元谋人闪耀着熠熠光芒的葱茏及肆意！这块热土就是楚雄！

楚雄地处滇中，历史悠久、山川秀美、资源丰富、生态良好。这里是远古水生物、远古陆生动物活动的重要舞台；是1.8亿年前侏罗纪恐龙聚集的重要场所；是元谋人用颤巍巍的双手打开的那扇混沌之门，也打开了中华民族的生生不息……这里出土的春秋战国时代的铜鼓、编钟，是世界上已知最早的青铜器。这里是古代彝汉文化激情碰撞、南方丝绸之路东西穿越的要道……历史给楚雄留下了太多的文明，以至于我们来不及仔细咀嚼，就深深沉醉其中了！

侏罗纪的使者——禄丰恐龙

当龙日渐成为中华民族的精神图腾时，有一种龙仍平频频出现于人

禄丰恐龙化石

们的视线之中，并用它高大突兀的骨骼诉说着往昔的荣光。楚雄禄丰就是龙影萦绕着的一块圣地。

在楚雄禄丰，人们无法绕开恐龙。在街头、在餐馆，甚至你的穿着以及饮食，都被打上了恐龙的烙印。穿行在恐龙谷遗址展厅内，一具具高度完整的骨骼化石，被装架排列在大厅里，整齐列队如即将出发的兵马俑。仔细看，恐龙化石骨骼并非纯白，而是呈现出象牙色的光泽，在厅内的光线照射下，有如冷兵器时代的某种武器，发出微微寒光，令人心头一颤。

也许抬头的时候你正巧迎上这具骨骼俯下的头颅，在相互的对视里，它空无一物的眼洞要传递出什么信息？穿行在恐龙的军阵里，前后左右都是恐龙投下的阴影，即使在炎热的夏天，寒意仍不由自主席卷而来：这不是《魔戒》里的神兽军队，而是地球上确确实实生活过的真实生物，地球曾经的霸主，然而现在，它们脚边是我们——另一种生物在结队参观。

恐龙

这些恐龙从来不离开所在的土地，挺拔地站着，并永远“醒着”。当我们从仰视、平视、俯视三个角度与相隔亿万年的地球主宰者进行一次亿年一遇的沟通与对话时，好像这里每一具恐龙都充满了历史、充满了沧桑、充满了浩如烟海的浩叹，仿佛都在讲述一个个来自侏罗纪时代的故事。在那些故事里，你隐约会看到已经逝去的亿万年光阴留下的真实记录。我们研读恐龙，其实也在研读我们自己，而亿万年前众多生灵兴衰悲壮的历史，也因今天不可再现而弥足珍贵。

1938年，中国古脊椎动物学奠基人、时任中央地质调查所昆明工作站站长的杨钟健先生，和两位助手——古生物学家卞美年、王存义在禄丰地质考察考察时，于禄丰县城北沙湾采集到了这些被称为“龙骨”的恐龙化石，书写了中国恐龙研究史上最为辉煌的篇章。

1941年中国第一具恐龙化石标本——“许氏禄丰龙”在重庆装架

展出，禄丰龙作为中国人自己发掘、研究和组装展出的第一条龙惊现当世，云南禄丰从此被称为“中国恐龙原乡”。之后，中外古生物学家不断到禄丰进行考察、发掘，禄丰盆地成为著名恐龙化石遗产地。随手翻阅任何一部古生物教科书，都可以看到关于禄丰恐龙的记载。1958年，国家总邮政局发行禄丰龙纪念邮票，成为世界上第一枚恐龙邮票。

2008年秉承“就地保护、科普交流、开发利用、造福当地”的宗旨，建设了“中国云南恐龙谷”。这不仅为来自世界各地的科学工作者永久保留了一方探究和解读亿万年前深埋在古老地层中的生命的科考天地，同时也为来自世界各地的游客再塑了亿万年前神秘土地远古生物生存的真实场景。有了恐龙谷大家才有机会走进侏罗纪，与亿万年前的恐龙做一次零距离的沟通、交流，共享地球留给我们人类的宝贵遗产。

据说，能够这样近距离观看恐龙化石，在美国是总统才能享受的待遇，我们可要好好珍惜这集亿万年为一瞬的机会啊！

追寻中华民族的发源地——云南元谋

元谋，滇北门户，三迤重镇，是五百年来川滇两地商贸往来的重要通道。

对万物有灵的崇拜，构成了人类对祖先最初的记忆，故乡，便是虚实相构间的一抹哀愁！

在中国历史上，云南元谋，绝对是个值得大书特书的地方，因为它是迄今为止中华民族有史可考最早的发源地。

如果说黄帝、炎帝代表了中国民族最核心的精神崇拜的话，元谋那

元谋人发掘地纪念碑　杨茹忠 摄

枚170万年前的“元谋人”门齿化石，则让我们真真实实感受到了人类祖先的存在。

在那颗门齿化石上，我们看不到什么，但能感受到它依旧在跳动的气息，那是和我们血脉相连的气息。从那颗化石上，我们能观照出我们自己的存在。我们可以想象，170万年前的云南元谋，气候宜人、水草肥美、湖泊密布、古树参天，在酷热中，我们的祖先颧骨突出、长发披肩，佝偻着微屈的身子，用坚韧的生命、用手中的长棍、石斧在丛林中追逐一粒粒生命的果实，用一抹抹的汗水为后世浇灌出了奔腾不息的“长江”、“黄河”。

其实，根据科学考察，远古时期，元谋就是古生物、古人类繁衍生息之地，是人类祖先从猿到人繁衍的摇篮。400万年前的元谋古猿，270万年前的蝴蝶蜡玛古猿，210万年前的竹棚猿人，170万年前的元谋人，都有活动踪迹，都留下了他们奋斗的身影。而旧石器、中石器、新石器三个不同时代，都在元谋这块土地上隽刻下了自己的名字。如今，元谋发掘了大量不同时代的遗址、遗物和遗存，使元谋成为名副其实的“天然原始社会博物馆”，也使这块土地成了追寻昔日祖先足迹的宝地。

幽静、典雅、古朴的元谋人陈列馆坐落在元谋县龙川街，建于1987

年7月。馆内分三部分，包括人类起源、元谋古猿和元谋史前文化。

元谋人陈列馆虽然有些简陋，但170万年前的世界本来就是如此简单、如此质朴，更何况，生命无须装饰，你还在期待什么。在元谋人陈列馆，你会深切地感受到自己的存在，以及血液与那些诉说、与那些历史、与元谋的土地融为一体，同频跳动。

绽放智慧之花的千年盐都——黑井古镇

在滇中高原的崇山峻岭中，有一块神奇而古老的土地，它虽小如一枚“弹丸”，却闪耀着古老的光华，它就是名扬千里，辉煌数百年的千年盐都——黑井古镇。

关于黑井，金庸《天龙八部》有语：保定帝下旨免了盐税，大理国万民感恩，云南产盐不多，通国只白井、黑井、云龙等九井产盐……

黑井自古以来就是产贡盐的地方，唐朝南诏时期由王室正式诏令开采，元朝设黑井盐运司，明清时期设置黑井课提举司。它位于禄丰县西北部，距离县城98千米，距离楚雄市76千米。四周山峦起伏，重峦叠嶂，龙川江自南而北纵贯全境，形成千峰耸峙，一水中流的地形。黑井依山傍水，是一个封存于龙川江河谷中的世纪小镇。

自从发现了盐，黑井就成了一个闻名遐迩的地方，四方客商云集，各种文化向这里渗透，形成了中原文化与地方文化、民族文化、大理文化相融合的多元文化体系经济的繁荣使得黑井在云南的财政赋税中占有举足轻重的地位，成为富甲一方的滇中经济重镇，从而留下了丰富多彩的历史遗迹。据镇上人士介绍：历史上的黑井曾创下过年税十八万两白

黑井

银的记录，约占当年云南税收总额的64%，由此不难想见当年的黑井是何等的显赫！

昔日的黑井在相当长一段时期内不但经济发达，而且文化繁荣，仅明清两代，就有13人中进士。元明清三代，在黑井这块两山夹峙的弹丸之地，就建盖庵堂寺庙56座、文笔塔 5 座，还留下了不少很有历史价值和艺术价值的丰碑。

三条至今仍保留完好的老街，看起来就像是20年前的老昆明。沿街都是木结构店面，其中不乏画栋雕梁的艺术精品，但大多数店铺已经永远打烊了。不过我想，这里随便打理一下，应该能胜得过数百万元的影视置景。镇上人士提及当年的烟馆、酒馆、茶馆、医馆，还有春楼马栈杂货铺都高度集中在这三条老街上。半个世纪以前，山外的戏班子皆以能来黑井铿锵一番为荣。几个世纪以来，黑井数十家制盐灶户维系了这里数百年的繁华旧梦，如今“无可奈何花落去”，但毕竟是“瘦死的骆驼比马大”，从元朝至近代，中国社会历史沿革在黑井可看得出个大概。所以说，要考古到黑井，要怀旧也要到黑井。

黑井 郑建民 摄

尽管辉煌千年的盐都渐渐落下帷幕，而古老的黑井却承载着厚重的历史神韵。午夜时分，龙川江两岸的万家灯火犹如银河中闪烁的群星，奔流不息的龙川江水哗哗作响，仿佛在向世人诉说古镇昔日的辉煌。身处其间，古老的盐都不禁让人发幽古之悠情，感人生之须臾，正所谓“烟西胜概古今佳，开拓庄桥略地先。出自点苍来风岭，水从叶境汇龙川。五云赋重无双地，两迤名高第一泉，圣代遐方多异数，不劳箕敛拖筹边”。

打量黑井，透过历史的蒙尘，它在向人们诉说着昔日的荣耀辉煌——历代石塔石坊、黑井文庙、走马转脚楼、三坊一照壁、四合五天井、一颗印、悬空飞来寺、明清晒谷场、古门楼、古石碑、古城墙、古驿道、武家大院、另武家大院、进士府……更多的还是黑井流淌着的那些动人的故事。而这些故事依旧在滋养着我们的精神！

元谋土林

在中国，没有人想到，土得掉渣的“土”，竟然成了最美的风景，竟然真的从土里生出了金子。也许把简单做到极致，把平庸做到质朴，就能把平凡做成伟大。

不同于山的雄浑博大，不同于水的仪态万方，不同于石林的突兀幽深，元谋土林以苍茫为背景，一个个苍黄的土柱像上苍赋予大地苍茫的浩叹，挺立在元谋的大地上。

元谋土林，以土柱为核心的景观，已成为中国大地乃至世界上最特殊的自然景观。

元谋土林的基本构成是一座座黄色的土柱，土柱的顶端大都呈圆锥形或扁平形，柱的顶端犹如戴了一顶顶土帽。

明代地理学家徐霞客曾记载元谋土林之景，“涉枯涧，乃蹑坡上。其坡突石，皆金沙烨烨，如云母堆叠，而黄映有光。时日色渐开，蹑其上，如身在祥云金粟中也。”

土柱高低不一，一般高度在5～10米之间，最高达42.8米。正是由于大自然的鬼斧神工和精心雕琢，才造就了千奇百怪的沙雕泥塑和诡异迷离的地质地貌，构成了元谋土林这座令人神往的艺术殿堂。

穿行在土林中间，你会觉得有时候残酷也是一种美，没有大自然亿万年的“摧残折磨”，怎么会有今日的游客盈门。

面对大漠，土柱，你会觉得自己如此渺小，有时看见一只鹰在高空盘旋，就会激动地张开双臂，但我们不能飞，只能大吼一声，向上的愿望鼓满了风。

浪巴土林　沈治章 摄

元谋土林　李文华 摄

天井　朱永先 摄

土柱是凝固的，也是流动的。

千百年来，土柱固定着一个姿势，像胄甲武士雕塑般挺立着，用冷峻苍茫的眼神俯瞰着人间一切风云变幻。

土柱是流动的。一个个土柱，都是风的影子，就像灰烬是火的影子。站在土柱面前，你似乎能感受到风猛然撞上土柱的疼痛，土柱绊住了风的脚步，扯住了风的衣服，发出恐怖的呼呼呼的怪叫，土柱顽强地刚把自己扶直，瞬间又弯了，土柱……风早把土柱的汗水、坚强，传送到几百里、几千里甚至更遥远、广阔的中国大地去了。

根据专家考证，170万年前的元谋境内河流纵横、湖泊密布、水草丰美、森林茂密、动物繁多、气候温和、物产丰富，是人类祖先从猿进化到人繁衍的摇篮。后来，由于环境突变，河流带来的大量泥沙、砾石填没了湖泊，毁灭了原始部落赖以生存的环境，同时也将生存于此的古人类、古生物埋藏于地下而成为历史。随之而来新的构造运动和岁月风雨，将此地侵蚀、切割、冲刷成千沟万壑，从而形成形态各异的特殊地貌，成为奇特的自然景观。这就是大自然鬼斧神工造就的“艺术博物馆”，也有人称它为“天然地质博物馆”。

元谋土林又以虎跳滩、班果、新华、湾保等地分布集中，保存完好。

在虎跳滩，一个个土柱，尽管直耸而立，却面貌神态各异。远观，全景犹如大片莽莽的原始森林，生机勃勃，近看似一组工程浩大的艺术群雕，又像一幅幅精美的壁画，千姿百态、别具一格。进入土林，可寻觅到你儿时梦中贪婪的“小熊”、沉睡的“卧狮”、高大的“骆驼”、开屏的“孔雀”、机灵的“小猫”、顽皮的“小猴”、南飞的“大雁”、凶猛的“虎豹”，报晓的“雄鸡”。

在新华，面对如此苍黄的土柱群体，置身其中，仿佛面对一个远古的梦幻，“念天地之悠悠，独怆然而涕下”的感觉油然而生。它们有的像威严的武士，整装待发；有的如锥似剑，直插云霄；有的似婷婷少女，凝视远方；有的似人物、似动物、似飞禽；有的似万里长城；有的挺拔林立，如华表、似石笋；有的土柱顶上杂草丛生，或长有野花；有的砂石垒垒，裸露身躯……当然，各种形态各异的土柱是混杂分布的，这就使得土林形成了丰富多彩、变化无穷的姿态，令人叹为观止。放眼望去，惟妙惟肖，栩栩如生。那千姿百态的造型，就仿佛使人进入另一个新奇的天地。黄昏时分，土柱像一个个白发苍苍的老人，默默注视着千年风云变幻，默默注视着浪巴铺的人们。

在班果，土柱峰林密密匝匝，形态万千，酷似规模宏大的古建筑群，犹如东南亚的座座佛塔、欧洲歌德式的古城堡、古埃及的狮身人面像、古罗马的大教堂、西藏的布达拉宫、故宫的盘龙柱……数不胜数，目不暇接，任你充分发挥丰富的想象。而镶嵌在上面的雨花石、云母、硅化木，如玛瑙、宝石、金银般在阳光下闪闪发光，呈现出五光十色的异彩，集古今中外的雕塑、建筑造型艺术，神话般地展现在一条条“艺术走廊”之中。

夕阳西下，当你回首时，你会发现土柱与阳光融为一体，在夕阳余晖的照射下，土柱与阳光穿过云层对话，发出雄浑的光，并逐渐扩散至庞大的土林大漠群体，直至天地一体。

回想穿行土林的感受，我想这首诗歌最能表达：

不是神工即鬼工

楚雄奇观一土林。

千年谜底谁猜透？

美在朦胧想象中！

元谋土林，与永恒同在！

绿透古宣的昆明

昆明族是昆明最古老的土著民族，没有确定的史料记载，这一民族是什么时间完全消失于岁月的洪流之中的，却留下一个好听的城市之名——昆明。昆明被誉为“春城”，不仅仅因为昆明终年温暖如春，年平均气温为16.5摄氏度，更因为昆明高贵温婉、包容博爱的城市气质，犹如一位深谙世事处变不惊的淑媛，一脸不知倦怠的微笑，便是最美的春的容颜。

在抵达昆明之前，我的脑子里对昆明的形象定义，首先是一个现代化都市，一定是高楼林立，车水马龙。因为众所周知，昆明是云南省会，是云南省政治、经济、文化、科技、交通中心，是西部地区重要的中心城市和旅游、商贸城市，亦是中国面向东南亚、南亚、东盟开放的重要枢纽城市，还是滇中城市群的核心圈、亚洲5小时航空圈的中心，国家一级物流园区布局城市之一。

然而一下飞机，满眼的绿色就颠覆了我对昆明的种种臆想和揣测，这个地处云贵高原中部的大都市，在近三万年的历史风云变幻中，已经吸日月精华，修炼成一块温润、平和、内敛、大气的碧玉，千百种深深浅浅的绿色把昆明深情地覆盖。随着昆明“山原地貌”的走势，绿色的波涛迤逦起伏，从绿的弧线里可以分辨北高南低，偶有喀斯特边缘地带的溶洞和熔岩地貌。昆明的绿不是稚嫩的新鲜的绿，而是隽永的恒久的，就像一幅古宣被绿色之笔，画透了，当那一阵阵北亚热带低纬高原山地季风徐徐吹来，这幅宣纸画生出了绸缎一样明亮的波纹。若是那以爱绿色闻名天下的《飘》里的郝思嘉也来到昆明，怕是先裁下一片绿色，缝一条长裙，再去盛装出游这昆明的美景，再去探寻昆明的先人万千年前的仙踪和史迹。

昆明的春色里无边际的绿与水有关。昆明市年均降雨量1450毫米，它三面环山，南濒滇池，湖光山色，天然成趣。滇池是云南省最大的高原湖泊，全国第六大淡水湖泊，滇池，是昆明的心海，昆明的灵魂。昆明地处低纬高原而形成“四季如春”的气候，要因之一就是有高原湖泊滇池在调节着温湿度，使这里空气清新、天高云淡、阳光明媚、繁花终年盛开。十月如阳春，融融生暖，我跟着当地的朋友走在去往滇池的路上，朋友介绍，赏滇池的水色氤氲，最好登临大观楼。

一枕秋霜一枕梦——大观楼

我们从市中心出发，向西，一刻钟车程，抵达大观楼景区。

仍然是绵延不断的绿色相随，当这座始建于康熙年间的大观楼映入我们的眼帘，它的古朴之美与四周密密实实的幽绿的湖光山色相得益彰，见灰瓦沧桑，琉璃的檐角闪烁亘古的光芒，古砖泛出红铜色，半壁老墙爬满青翠的常青藤，言语道不尽的韵味和雅致尽收眼底。

拾阶而上，被游客双脚磨砺的台阶锃亮，旁侧的青苔绝无落脚之处。登至楼顶，面临滇池，远望西山，尽览湖光山色，大观楼也因适于登高望远而得名。滇池古名滇南泽，又称昆明湖。滇池因周围居住着“滇”部落或有水似倒流、“滇者，颠也”之说，故曰“滇池”。滇池为地震断层陷落型的湖泊，其外形似一弯新月。千百年前的一次倾城之恋，惊天动地，震落了天上的弯月，从此周遭寂寥，一泓水诉说着云贵高原上此起彼伏的地质变迁，望一眼碧绿的滇池水，往事历历如波光浮影。

从大观楼入园后可游览涌月亭，凝碧堂，览胜阁，观稼堂等楼台亭榭。园中最具观赏价值的大观楼临水而建，楼高三层，其中题匾楹联佳作颇多。想起名楼之为名楼，岳阳楼是因为范仲淹的《岳阳楼记》，黄

昆明睡美人 李文华 摄

鹤楼是因为崔颢的《黄鹤楼》诗，大多以文以诗出名，只有大观楼之名是因了一副长联的出现。由清代名士孙髯翁所作180字的长联，垂挂于大观楼临水一面的门柱两侧，号称“古今第一长联”。今不妨全文摘下，一睹雅士文采：

五百里滇池，奔来眼底。披襟岸帻，喜茫茫空阔无边。看东骧神骏，西翥灵仪，北走蜿蜒，南翔缟素。高人韵士，何妨选胜登临。趁蟹屿螺洲，梳裹就风鬟雾鬓。更苹天苇地，点缀些翠羽丹霞。莫辜负：四围香稻，万顷晴沙，九夏芙蓉，三春杨柳。

数千年往事，注到心头，把酒凌虚，叹滚滚英雄谁在？想汉习楼船，唐标铁柱，宋挥玉斧，元跨革囊。伟烈丰功，费尽移山心力。尽珠帘画栋，卷不及暮雨朝云。便断碣残碑，都付与苍烟落照。只赢得：几杵疏钟，半江渔火，两行秋雁，一枕清霜。

上联描写滇池风光，下联概括了云南历史，寓情于景，情景交融，浑然一体，堪称千古佳作。当你置身于大观楼的良辰美景，恍惚之间疑是出入梦里，好一个一枕清霜！

在滇池附近的酒店入住，连梦都被染得翡翠一般，一枕梦醒，就被朋友喊起来，晨游西山。

滇中第一佳境——西山

人们每每提起昆明，都会说到一个词“金碧湖山”，这里所指的山正是西山，她是“金碧湖山”的象征。

准备出行昆明之前，我就曾听过这样一个民间传说，远古时一位公主耐不住宫中寂寞，偷偷出了王宫与一个小伙子结为夫妇。后来，国王拆散了这一美满姻缘，并用计将小伙子害死。公主悲痛欲绝，痛哭不止，泪水汇作了滇池，她也仰面倒下化作了西山。

前面，我在大观楼赏滇池之水的时候，那些峰峦连绵的绿，就是西山。它由华亭山、太华山、罗汉山等组成。峰峦连绵四十多千米，海拔1900米至2350米。相传古时有凤凰停歇，见者不识，呼为碧鸡，故也称碧鸡山。又因形状像卧佛，也叫卧佛山。

西山

不管它是公主的化身，还是凤凰的化身、佛的化身，总之人们给它加以神性的美好，怀揣着对这些美好的向往我们抵达西山，亲历她茂密的森林，繁盛的花草，她是如此的清幽秀美，难怪在古代，西山就有“滇中第一佳境”之誉。

当地的朋友带领我出城，在昆明城东南放眼眺望，那宛如一位美女卧在滇池两岸的便是西山。她的头、胸、腹、腿部历历在目，青丝飘洒在滇池的波光浪影之中，显得丰姿绰约，妩媚动人，所以西山又叫“睡美人”。我想这才是最贴切的比喻吧，她睡了千百年仍然长梦不醒！是她已厌倦了沧海风云的嘈杂？还是她梦里的王子仍然在来时的路上？我们不得而知。而每年阳春三月，昆明人有“三月三，耍西山”的习俗，届时四方士民云集聚会，唱山歌，对小调，耍龙舞狮，野餐赏景，热闹非凡。我虽然错过了能听到山歌的“三月三”，但是能静享睡美人在秋水深处倒映的仪态万千，也算是一场艳遇，一个传奇。

追溯历史，西山元代为“滇南八景”之首。明代居“云南四大名山”之冠。清代“昆明八景”中“滇池夜月”即滇池西山夜月；而在当代又是“昆明十六景”之“睡美人山”。西山北起碧鸡关。碧鸡关，一个不可忽视的名字，它是历史上西出昆明的必经之路，是茶马古道的咽喉要地。因此西山在“滇阳六景”中被誉为“碧鸡秋色”。从地图上看，即使今天利用现代科技手段建设的广大铁路、昆楚高速，也是从它的身边通过的。这里实在是个漂亮的开头，大家的手笔。

西山胜景最有名的当属龙门石窟。我所见的西山龙门石窟与洛阳龙门石窟的佛教雕刻不同，昆明西山是典型的道教石窟。在步步升高的悬崖峭壁间，三清阁、玉皇阁、龙门、天台，以及凤凰岩、慈云洞、云华洞等众多建筑和洞窟林林总总、枉曲盘旋。当我经过艰难的攀援抵达龙门之上，头顶是千仞石壁，而脚下则临万丈深渊，烟波浩渺的滇池与错落有致的昆明城区尽收眼底，无数葱茏的高树与碧瓦红屋交错出现，真可谓是一场视觉的盛宴。

西山还有两座有名的佛教寺院——华亭寺和太华寺。

华亭寺是昆明地区最大的一座寺庙，自元末创建以来曾几次毁建，现存建筑是1923年由虚云大师主持重建的。虚云大师是禅宗泰斗，曾历坐十五个道场，重兴六大祖庭，兼承禅门五宗，信徒达到数百万之众。对于华亭寺，这不能不说是它的一种幸运。

另一座寺庙叫做太华寺，位于西山最高峰太华山的山腰。从建制上看，太华寺与一般寺院没有太大区别，关键在于山门外的一株老银杏。这是一棵有传奇故事的银杏树，站在银杏树下，抬眼望去，这树，仿佛是一位须发银白的先人，在山腰上晒太阳呢，懒得搭理世俗。据说这棵树是由明惠帝朱允炆所植。朱允炆流亡云南当然只是一种传说，但这种疑似的证据实在不少，太华寺的银杏树民间传说也算是为这种说法又添加了一个重要的论据。

朱允炆来没来西山，我们不能妄下结论，但一位伟大的旅行家确实来了，他就是徐霞客。徐霞客不仅来了，游遍了西山，还写下了《游太华山记》。我们今天的行程当然也囊括了西山的重要景点，但我们是汽车、索道、电瓶车一起派上用场才完成的，而徐霞客是徒步！想象着一个人行走、攀援，或遇疾风苦雨，或忍饥挨饿才能亲历脚下的路和荆棘，而后还要在深夜把这个历程写下来留给后世，面对先人的勤恳，我真的是自叹弗如！

昆明西山还来过另外一个赫赫有名之人，不仅来了，而且是长眠于此，他是聂耳。过去只知道聂耳是昆明人，来到西山才知道聂耳的墓地就位于西山。

我们看到来西山的游人，每日都是热闹的，拥挤的，可就算再怎样游人如织，西山都如慈爱的母亲，给这位英年早逝的昆明游子保留了足够宽敞的空间，用以安眠，用以安慰前来拜谒的人们。

聂耳墓位于太华山与三清阁之间。远看，墓园好像一把巨型的小提琴，墓穴就处在发音的位置上。聂耳墓的旁边是聂耳纪念馆，我们能看到纪念馆内静止了的岁月和生机盎然的音符在历史的天空起舞。展厅陈列着聂耳曾使用过的留声机、吉他、笛子等遗物。聂耳是1935年在日本藤泽市的鹄沼海滨游泳遇难的，时年只有24岁。一般人都知道，聂耳是《义勇军进行曲》的谱写者，可大多数人恐怕并不清楚，这首慷慨激昂、雄壮有力的歌曲仅仅创作于离世前三个月。我一面扼腕痛惜天妒英才，一面感慨造物弄人，或许上苍就是派聂耳来给我们送《义勇军进行曲》。

我小心绕行至聂耳墓的背侧，上面镌刻着郭沫若的《聂耳墓碑文》：“闻其声者莫不油然而兴爱国之思，庄然而宏志士之气，毅然而同趣于共同之鹄的。”遥想当时聂耳谱写这首曲子时，他一定不会想到，这将成为他音乐生涯的绝唱，这首歌在若干年后会被称作“国歌”，他将是“国歌之父”。

我断定，聂耳一定是天才。如果不是天才，他就无法洞察并清晰地展现出我们民族最本质的强音；如果不是天才，他就无法在那样短暂的时间内达到我们绝大多数人奋斗一生都无法企及的高度。可造物主总是无情的。他不把完美留给人间，他在把天才降临给人们的同时，又匆匆把他们收回，只给人们留下天才创造的作品，让人们去欣赏，让人们去痛惜。

景点工作人员还给我们讲述了许多鲜为人知的往事，原来关于聂耳墓究竟是真墓或只是衣冠冢，多年来一直存在着争议。直到聂耳哥哥聂叙伦的澄清，才算真相大白。

事实上，聂耳的骨灰1938年就已经葬在了西山。但因当时形势复杂，为保护墓地才谎称是衣冠冢。没想到这个“烟雾弹”的效果过了头，直到很多年后人们还都以为西山墓是聂耳的衣冠冢。

在聂耳汉白玉的雕像前，不时有人庄重地向“国歌之父”献上一束束鲜花。一个短暂的生命，因为一首歌而永远年轻永远鲜活。聂耳是永恒的，西山也是永恒的，这也像极了一句诗的意象，明代杨慎说昆明“天气常如二三月，花枝不断四时春”，春天也在此得到了永恒。

最是明眸善睐的翠湖

翠湖，是一个说到名字就让人眷念的水域之名，也是昆明几百年前的旧景。

整理行装前往翠湖之前，想起早些时候读过汪曾祺先生曾经写的《昆明的眼睛》，汪老是最爱翠湖的，他说“翠湖是昆明的眼睛”，他在离开昆明后很想念翠湖。前些年，“听说因为搞什么‘建设’，挖断了水脉，翠湖没有水了”，他“惆怅，而且，愤怒了”。他发出一连串的追问：“这是怎么搞的！谁搞的？翠湖会成了什么样子呢？那些树呢？那些水浮莲呢？那些鱼呢？”直到听说“翠湖又有水了”，他才高兴起来。他希望永远有一个明爽安静的翠湖。他说，“我想这也是很多昆明人的希望。”

带着汪先生的希望和大家的希望，我走近翠湖。

翠湖现名为翠湖公园，位于昆明市区的螺峰山下，五华山西麓，云南大学正门对面，原名菜海子。朋友说，这里最初曾是滇池中的一个湖湾，后来因水位下降而成为一汪清湖。这让我想起一句话，与其随波逐流，不如降下身段做个最好的自我。翠湖，便是那万绿丛中最有特色的一抹自我。湖东北方向曾有九个出水泉眼，因此翠湖又名“九龙池”。翠湖水光潋滟，氤氲缥缈，绿树成荫，楼现波心，倒影婆娑，是昆明城内的一颗绿宝石。享有“城中之玉”的美称。这就是昆明，处处是绿色的，但每一处又绿得不尽相同，比如翠湖因为水面倒映天空，而更多呈现了翡翠的透彻幽蓝水头色。此时真的想告慰远去的汪先生，翠湖本身就是一个美丽的词汇——明眸善睐。

夹在摩肩接踵的游人当中，我真的有点怕被隐藏在翠色之中迷了路，好在一进园门便是一条纵贯南北的大路，唤作阮堤。

我们行走其上的阮堤，是1834年云贵总督阮元拨款所筑。而园内直通东西的是唐堤，1919年由时任孙中山滇川黔三省建国联军总司令的唐继尧拨款所筑。两道长堤，分湖为四。堤畔植柳，湖内种荷，荷柳相映，荷红柳绿，妩媚多姿。四周的背景还是昆明的绿意，在这绿的博大的怀抱里，每个游人都惬意地成了走迷宫格子的顽皮小孩，而那挥之不去的绿，就是母亲馨香的衣襟。

昆明鸥趣 共享（爱无限） 尹绍平 摄

翠湖的两道长堤将翠湖分成

翠湖海鸥

五片景区——湖心岛景区以湖心亭和观鱼楼等清代建筑为主；东南面是水月轩和金鱼岛；东北面是竹林岛和九龙池；南边是葫芦岛和九曲桥；西边是海心亭。无论身处翠湖的哪一个景区，你都会迷乱于无边无尽的翠色里，微风徐来，整个翠湖都缓慢地折叠着碧波，向风吹的方向荡开花朵一般的涟漪，难怪翠湖能留下众多文人的脚印，并有大量的诵吟翠湖美景的文章传世。

我在翠湖海心亭看到这样一副对联："有亭翼然，占绿水十分之一；何时闲了，与明月对饮而三。"端视着眼前苍劲的书写，那千百年风雨飘摇，朱红褪色，木质纹裂，只有墨色如故，在与我们讲述浩荡的历史之河，有浅吟有轻唱。在如歌岁月里，每一处都是不可或缺的一笔，都是古昆明的沉淀所在，比如早就令我神往的昆明老街。

昆明长水国际机场

千年风华绝代——昆明老街

我敢说，你会和我一样，一踏上昆明老街的街口就由衷爱上她。千年历史沧桑变幻，总有一些昆明老街这样的绝代芳华，长留人间。

那一天注定要载入昆明城市文明的发展史册，作为国内唯一以整个街区作为一个统一地名命名的项目，昆明城中最后遗留的历史街区——文明街历史街区有了一个朗朗上口、朴素亲切的新名字——“昆明老街”。那一天是2005年12月7日，而我的寻访，是在十年之后的深秋。

这时候的“昆明老街”已经成为最具有代表性的昆明城市名片之一，作为昆明古城千载文明的象征。我对陪同采访的当地朋友说，很少有一条街，让我如此心生敬畏呢！

这是由衷的敬畏。我走入街口，拂面而来的是近千年未曾走远的风尘与世事沧桑，也是这近千年的文化积淀，蕴涵了过去岁月的丰富信息。它是原汁原味的古老昆明！我所穿行的胡同，覆满青苔的角落，坚实光滑的石板路，无不是清代和民国时期的模样，恍惚之间那些掩映在葱翠绿意之中的民居建筑和商铺建筑里面，会飘然走出碎步如莲的旧式女子或传出一声声清脆的坊间吆喝，哦，这些灰砖红瓦，迤逦栏杆，让我仿佛回到了昆明的前生！

当地朋友介绍说，昆明老街的历史可追溯到大理国时代，经元、明、清、民国、新中国建立到今。现今尚存的昆明老街的格局，就是从清代康熙年间云贵总督在此建署而逐步开始形成的，现存昆明老街的建筑，主要反映了民国时期的历史风貌。一批近代建筑的插入和私人豪宅的新建，为昆明老街留下了深深的烙印，并保留至今。

然而，无情的时光却总让美丽变得斑驳，就好像美人迟暮，将军白发，昆明的“城市之心”也在岁月的侵蚀下变得破败不堪。漏瓦蓬草，满目荒凉的景象频现，改造和保护并行，才是与时俱进，当地朋友介绍，在建设云南民族旅游文化大省的强劲东风下，保护昆明老街这个独特的旅游文化资源，为现代旅游文化经济做出贡献已形成共识，这也是昆明老街改造项目弘扬自身文化，搞活一方经济的双赢机遇。把握时机，发展旅游，让昆明的文化历史在昆明老街得以全方位的展示，盛迎海内外八方宾朋，昆明老街又迎来了生命的第二个春天……2006年昆明文明街历史文化保护区紫线划定方案正式得到了相关部门的确定，自此，昆明老街的保护有了确实的依据。根据规划内容，由文明街、景星街、文庙直街、甬道街、光华街等十条古老街道构成的昆明老街，将力争建成国家4A级风景区，并开辟旅游线路，项目投资金额三十亿元。

这次历史性的改造成果，使得我现在所见的昆明老街也有其崭新的、灼灼其华的一部分。这是昆明的华美今生，昆明老街仍然是昆明市最繁华最重要最特色的商业区之一。行走在琳琅满目的现代化商品之间，感受着这里夜晚的灯红酒绿、霓虹闪烁，见证着这里的生意的红红火火、热闹非凡，昆明这座古城的新与旧，今生与前世，未来与过往，都交汇在我眼前。

每一个亲往昆明老街的游人都会与我有同感，昆明老街，带给我们及后人的不仅仅是历史价值、文化价值，还有更重要的老昆明的情感价值。

说到历史与文化，我决定下一站到访官渡古镇。

古滇文化的发祥地——官渡古镇

十月的昆明，没有秋色，没有肃杀之风，天空明净，山峦静默地绿色依然，这多像我们惯看的母亲的脸色，所以每天出行都是愉悦的，惬意的。今天我要沿着这一路的绿屏障南行约十千米，抵达官渡古镇，这是著名的历史文化名镇，是古滇文化的发祥地之一，是云南旅游，特别是昆明旅游的主要历史文化景观。一想到要用自己的双脚去体会这古老的滇文化发展史上不可或缺的一个足迹，掩不住内心的兴奋，走在旅途之中我才发现越是深邃的越是历史的越是古老的事物，越是能提起我的兴致和走笔的欲望。

那曾经远在南诏大理国的官渡啊，我来寻你芳踪！如果我是那当年的青衫书生，此时就在滇池的东北岸与你相逢，你是滇池东北岸一大繁荣集镇和交通要冲。宋以前设渡口，渔舟及过往的官船都在此停靠，又改坐轿或骑马过状元楼入昆明城，因此我们喊你“官渡”。

历史上的官渡，是通往滇南交通要道上一个政治、经济、文化较为发达的集镇，明清时就有“小云南”之称。我眼里的官渡古镇，分布着较多的古建筑、佛寺、阁楼、庙宇，当地民间俗称“六寺、七阁、八庙”。其中较为著名的有建于唐代的土主庙、宋代的法定寺、元代的妙湛寺东塔和明代的孔子楼、金刚塔等，其中金刚塔被列为国家级文物保护单位。

官渡古镇，2006年8月被评选为“云南十大名镇”之一；2011年4月8日被国家旅游局批准为国家AAAA级旅游景区，同时被国家旅游局、住建部正式批准为全国特色旅游景观示范名镇......官渡古镇身上那一个又一个的光环，让世人看到了文化官渡的无限魅力。行走官渡，你看到的绝对不仅仅是风景，更是历史沉淀下来的厚重文化。

官渡古镇，一步一景，可以玩赏的景点颇多，若想登高赏官渡，当然要去凌云阁，凌云阁又称锁水阁，紧靠宝象河，我们登临楼顶的时候正是日出时分，宝象河的河堤柏林苍翠，霞光雾霭，久绕不散，充满祥瑞之气。眼前的烟缭凌云也是官渡八景之一。《凌云阁》中有记：“登斯楼夕阳满楼穿疏透阁，襄影蒙龙斜辉飘落玉宇。”如今，凌云阁重新修葺，拔地撑天，登楼远眺，官渡古镇可收眼底，遥想当年的桨声灯影，水声喧嚣都归于眼前的这幅画卷，安静从容地成为昆明那古老画卷的一角，灵秀而生动的人物们，甚至可以呼之欲出。也正是这一寸一寸的绿色，一章一章的往事组写了博大而古老的昆明。

如果不去金刚塔，我还真不知道，官渡古镇的前身，是这样建成的！这里4000多年前就有人居住，因临近滇池，先人们以捕食螺蛳为生，长久以往，螺蛳壳堆积如山，古称“涡洞”，现存的许多古建筑就建在这一新石器时代贝丘文化遗址上，比如金刚塔。古时官渡人，用糯米饭拌泥在螺蛳壳堆上建起重达1350吨的“金刚塔”。现代官渡人，用科技手段抢救国宝古迹，恢复勾勒了“古渡渔灯、螺峰叠翠、月映月台、杏圃牧羊”的古典人文风韵。

我来到金刚塔的时候，午后三点的阳光照在塔上，这座建于明代天顺二年（1458年）的宝塔，在我眼前熠熠生辉，仔细端详，这是一个在方形高台基上建成的中大塔四角小塔的五塔建筑，据说这种建筑方式是为了表现出对五佛的崇敬和供养。塔顶的琉璃与塔身的古老青砖交相辉映，美得和谐美得贯通，若不是呈方形的“糯米饭拌泥在螺蛳壳堆”塔座台基提醒着它的由来，你几乎要感慨这天衣无缝般的建筑来自上苍，这是天地对昆明大地的厚重馈赠。金刚塔下半部有七圈莲瓣（称金刚圈）如台阶样层层收缩，我在明媚的日光下再回头看那些莲花的台阶，都已化作远远近近的白莲花，袅娜起舞，或许正是这经年不败的莲花，护佑着千百年的官渡古镇，守候着勤劳淳朴的官渡人对上天的祈愿，也捍卫了云南大地上的这颗明珠——春城昆明免受现代化发展的破坏。

在官渡古镇看日落月生的景象要去双塔，我特意在官渡的闹市，一边品尝昆明最地道最独特的美食小吃，一边等待夕阳西下，像一片尾随落日的彩云一样，飘过双塔寺。

双塔，一东一西，间距不过15米，从一些直线角度看双塔会合二为一，而走在近处，又多么像脉脉含情的一对恋人，十五米的距离，千百年的光阴如水相隔，而此刻日落而去，皎洁月色如华练一般倾泻这多情的人间，那句“盈盈一水间，脉脉不得语”说得真好，想起今生今世我们历经的那些生离死别，其实相伴终生也好，永世不见也好，凭的都是月老做的缘分，就像这各自独立的双塔，在一伸手就相牵的最近处，也在对面不相识的最远方。苏轼安慰世人，但愿人长久，千里共婵娟。

坚如磐石的守望——云南石林

“十二崖子上，站着一个好姑娘，她是天空一朵花，她是可爱的阿诗玛……”撒尼人的三弦舞又在悠扬的笛音里跳动起来，顺着这动听的山歌，我前往阿诗玛的原型所在——云南石林。

汽车沿着滇缅公路行驶大概七十千米，路旁渐渐有大小不一的石头

石林 刘曙 摄

雨后春笋一般钻出地表。当年血雨腥风的抗日战争中修筑的滇缅公路，曾经担当着南大门运输之重任，而今却成了前往石林的必经之路，两旁鲜花盛开，繁蝶飞舞，石林是令我神往的去处之一。

三亿年前，我们的脚下是一片汪洋大海，一枚扇贝化石，幽幽打开了尘封的往事，仿佛耳边涛声依旧。海底沉积了厚厚的石灰岩层。由于地壳运动，岩层露出地面，经风雨剥蚀和岩石的溶解作用，便形成了今天这种千姿百态的石林景观。我只能用短短数十字把数亿年的地质变化历程一笔勾勒，而彝族撒尼人却把这里每一尊石头都赋予鲜活的生命，赋予曲折动人的传奇。那么最动人的、流传最久远的一定是这山歌里唱

石林

到的“阿诗玛”了。

很久以前，贫苦的格路日明家生了个美丽的姑娘，爹妈希望女儿像金子一样珍贵闪光，给她取名叫“阿诗玛”，也就是金子的意思。阿诗玛渐渐长大了，漂亮得像一朵艳丽的美伊花。她能歌善舞，许多小伙子都喜欢她。她爱上了和她青梅竹马，两小无猜，相亲相爱的孤儿阿黑，立誓非他不嫁。一年的火把节，她和聪明勇敢的阿黑定了亲。财主热布巴拉的儿子阿支也看上了美丽的阿诗玛，便请媒人去说亲，但不管怎样威胁利诱，都无济于事。热布巴拉家乘阿黑到远方放羊之机，派人抢走了阿诗玛并强迫她与阿支成亲，阿诗玛誓死不从，被鞭打后关进了黑牢。阿黑闻讯，日夜兼程赶来救阿诗玛，他和阿支比赛对歌、砍树、接树、撒种，全都赢了阿支。热布巴拉恼羞成怒，指使家丁放出三只猛虎扑向阿黑，被阿黑三箭射死了，阿黑还救出了阿诗玛。狠毒的热布巴拉父子不肯罢休，勾结崖神，乘阿诗玛和阿黑过河时，放洪水卷走了阿诗玛。十二崖子的应山歌姑娘，救出并使阿诗玛变成了石峰，变成了回声神。从此，你怎样喊她，她就怎样回答你。她的声音，她的影子永远留在了人间。阿诗玛的传说故事还被改编成了电影、大型歌舞剧，在国内外放映和演出后，引起了强烈的反响，阿诗玛的故事也随之广为流传。而今人们站立在美丽的阿诗玛石峰跟前，真的似乎能分辨出她的眉眼和脸庞，你一下子感知这里每一根石头都是有生命的，每一根石头都是一场坚定的等待。

当我们风尘仆仆地站立在“阿诗玛”面前，没有几个人不愧对一块石头的坚定，现代人的爱情已经成为经济利益、社会地位、现实需求的附属品和速成品，美好的爱情已经成为现代人不敢问津的“奢侈品”，在我们中间，还有阿黑哥吗？还有阿诗玛吗？百感交集的我触摸着这一块块鲜活又静默的石头，不禁潸然泪落，感慨万千。

当然石林的石头是包罗万象的，不仅仅只有这个爱情的传说，那大大小小的石头，或独石成峰，巍然屹立；或两石偎依，相亲相爱；更有三五成群者，卧于湖边草丛，多像安然的羊群牧归之后，静看夕阳；又有千百石块前呼后拥者，像当年烽火之中的抗日大军，风过之处似乎号角仍在，每一块石头都是一个行走的英雄。难怪这里在1982年国务院批准的首批国家级重点风景名胜区之一。也因这里是世界最典型的喀斯特地貌景观，方圆350平方千米内，被称为“造型地貌天然博物馆”，石林也是中国的四大自然景观之一，已经被联合国教科文组织评为“世界地质公园”，“世界自然遗产”。

我能见到的能书写的这里的每一块石头，都是有生命有灵性的，大自然的刀斧神功仍然在不断地打磨和改造着她们，但是这些石头的灵魂是坚定的，她们历经九死一生的磨砺仍然在各自坚守自己亿万年来的一场等待。

九乡，已等你六亿年

佛说，久等必有一禅。九乡溶洞已藏在深山六亿年了，有谁会拒绝去赴一个这么长久的等待呢？

九乡位于昆明市宜良县九乡境内，是距昆明市中心比较远的景区，大约90千米，当我跟随着当地朋友来到景区门前，并不见传说中的溶

昆明红土地 李文华 摄

洞。朋友说，莫急，溶洞藏在大山里呢！

我的心忐忑起来，就像人们传说溶洞里藏着一位女子，那是昆明安放在深闺的小女儿，你若不来一睹她的芳容，昆明之行将是如此的不圆满呢！就这样暗喜着一路进山了，十月的九乡，到处是山岩和高树，鲜花碧草仍不知停歇，六亿年前的震旦纪，就这样被徐徐撩开帷幕，随着光线渐暗，路面渐湿滑，神奇的溶洞出现了！

真想问一问，我们的星球还沉寂一片的时候，是谁在此安放了这些柔情的溶洞？朋友见我掐着指头数着这些大大小小风格各异的溶洞，就笑着告诉我一句话："九乡溶洞九十九，数完溶洞白了头"。九乡溶洞是我国目前数量最多、规模最大、景观最为奇特的洞穴群落体系，被誉为"溶洞博物馆"，在一个乡制区域内，拥有大小上百个溶洞，堪称世界奇观。

我们最先见到的是荫翠峡，并听到河水作响，抬眼可见褐色山岩上朱红的"荫翠峡"三个大字，能听到的水声是荫翠峡中流淌的一条名为麦田河的河流，是珠江上游南盘江的一条重要支流。整个九乡风景区属于珠江水系，因而九乡又有"珠江源第一洞群"的称呼。因两岸植被繁盛荫蔽河道而得名"荫翠"，荫翠峡还有一个俗称叫情人谷，据说，情人谷是过去九乡彝族男女青年对唱情歌的地方。届时，男的在左岸，女的在右岸，对歌对到一起的，就从横在峡谷的树上跨过峡谷走到一起。

我们并没有得见对歌的男女，但是仰望两岸峭壁苍崖多像担当风雨的男子，中间流淌着的是极富小女子般柔美的缓波碧水，崖刚水柔，水石参差，刚柔相济，再衬上蓝色的天幕和绿树的背景，宁静中不时有禽鸟啼唱、涓滴清响，因而她就更是艺术大师的神来之笔，既像曲廊环绕于水上，又似石中开辟了水流的窄径，颇使人有身临仙境之慨。

我忍不住捧一泓清幽的荫翠峡水，不是啜饮而是洁面，感觉舒爽透顶，大可以洗去满面的三斗俗尘，而使心灵得以纯净呢。荫翠峡两壁错落排挂的钟乳石群，造型奇特而大气，气韵生动而真切，她给人以质感、示人以生命，不似洞中灯照下的若隐若现，恍如隔世。

顺着逼仄的岩石路前行，越发紧张脚下，光线暗淡下去，朋友告诉我，最险的峡谷到了，我来之前对惊魂峡早有耳闻，惊魂峡峡长700米，是目前国内所发现的最为壮观的地下大峡谷，两岸刀劈斧削一般，峡底到洞顶将近百米，峡中最窄处仅只三、四米宽，游人走过无不感到惊心动魄。它的形成是由河床不断下切而劈出，据说当年开辟游路，人攀洞壁而入，稍有疏忽，便会掉进深渊，工人们要用绳索吊在腰间才能工作，那情境惊险异常，令人魂飞心惧。为了纪念这段开辟的艰险经历，故取名惊魂峡。如今有护栏有山岩路保障我们的安全，走过惊魂峡我还是冷汗湿背，神魂未定。但是想看前路的风景，这是必经之路哦。

雌雄瀑位于卧龙洞中，是地下瀑布。九乡母亲河在扑向卧龙洞时，被河中巨石从中劈开，一分为二，泻入壑底，形成两条巨大的瀑流，一雌一雄，故名雌雄瀑。从人文美学的角度看，雌雄双瀑则是麦田河在天与地、白与黑之间写出的一个“人”字，它展示了九乡山水伟岸壮美的辉煌人格。因而不仅是九乡绝景，同时也是九乡的标志性景观，成为无可代替的“九乡魂”。有诗人写道：“九渊锁不住，逃逸两飞龙。”

两条银练，洁白缥缈，落地的刹那，四处生花，而再看壑底却无分毫的白色了，水流变成了金黄和碧绿相间，是光线的作用还是水底的泥沙被翻卷出水面？我更愿意相信山底藏满了颜料，说不定哪一天水面上会来个繁花似锦，要不怎么说这里是一个神奇的深闺呢？

流连于每一个有故事的溶洞之间，似乎都被溶洞细碎的诉说牵绊住了脚步不愿意离去，蝙蝠洞上方的钟乳石妙趣横生；卧龙洞的水流湍急壮美；雄狮厅似乎要摆上宴席招待来者；而神田却将水做的秋色石做的五谷敬献给你，所到未尽来意，山外已是黄昏时候，只好趁着光线尚可行路，返回。

可能谁也没有见过昆明的那个藏在深闺的女儿，但是又可以说谁都见过了，每一块钟乳石都是，每一条飞瀑都是，每一朵浪花还是，这里的每一颗微尘每一棵细草，都系缚了岁月六亿年不改初衷的等待，等我，也等你。

后 记

2013年“两会”上，我有幸采访到云南省的主要领导。领导看过我写的《中国城市散文集》后啧啧称赞，并当场邀请我为云南写一本《云南城市散文集》。要求和《中国城市散文集》一样，用散文的写法、优美的语言，深度挖掘云南各城市的文化精髓，倡导文化旅游。美丽的云南早已名扬中外，写云南的书也有过很多，各种云南旅游攻略更是琳琅满目，但像我这样以散文的笔触，从历史文化、人文地理、民俗风情全方位写云南城市的，还没有前例。

动笔写云南，我感到压力颇大。为写好这本书，我历经两年时间走遍云南省的16个城市，无论之前是否到过是否写过，都重新采访了一遍。在采访过程中，我得到云南省政协办公厅、研究室、云南政协报社以及各市（州）党委、政府和政协的大力支持。有了以上单位的支持，我才得以深入各市各县各乡，零距离接触当地居民，并搜集到大量文字资料和民间史实。在此谨向以上单位表示深深的感谢！

为发掘云南鲜为人知的美，我总是向往藏在深闺中的美景。为了满足我的好奇心，当地人都不辞辛苦地带我到处猎奇。最让我感动的是，在麻栗坡县曾有一个七十多岁的老大爷，用镰刀披荆斩棘为我开路，耗时一个多小时，只为带我去看一个还没有被开发的山洞，那个洞叫鸣螺洞。当终于靠在那状如海螺的钟乳石上，这四亿年的等待和我穿过大半个中国的真情，让我心醉到融化……还有在昭通，本来因为山体滑坡，碎石有1米多高堵在路上，可司机硬是把碎石搬开，把车开了过去，只为让我多看一眼前面的风景，好能为他的家乡多写上一笔。这拳拳的家乡情和对我殷殷的期望，让我不敢怠慢每一篇文章。

山一程，水一程。两年后，我捧着《云南城市散文集》的手稿，不禁流下了眼泪，这是欣喜的泪水，也是辛酸的泪水。这两年我只身一人从北京到云南，不是在采访就是在去采访的路上，而且很多文章都是在路上诞生的。为了不耽误云南的采访，我甚至把全国“两会”记者的名额让给了新人，我知道这一让可能就是永远的放弃。但天道酬勤，这本《云南城市散文集》是对我最好的回报。

朋友称赞我是“把新闻做成艺术第一人”，这个名衔对我来说太大。我只是力争用优美的文字写出每座城市的特点，《大理，像唐诗一样生活的地方》《丽江，古道上盛开的大观园》《文山，壮乡苗岭雪藏着稀世美景》《保山，在边城的记忆里拔节》……相信大家可以透过我的文字看到这些城市的前世今生和独特之处，并勾起读者探访这些城市的欲望。这才是我最大的成功。

我深知仅凭一己之力是无法完成这本书的创作的。最后再次感谢云南省政协以及所有为这本书作出贡献的人，还要特别感谢为这本书提供图片的摄影师，因为大家的共同努力，才有了这本被称为写云南的“最美的文、最美的书”。

武眉凌

2015年12月20日

公元6世纪末，一支自称哀牢之后裔的蒙氏部落，因纷纷起义侵逃离新，来到洱海地区，前往蒙舍东，一路跋涉，但见山气氤氲，水清激越，虫鸣满道，花气袭人，鼓动流亮的心田，感觉来到了梦中的伊甸园，舍弃了迁徙的脚步，再也不愿离去，从此安营扎寨，躬耕于巍宝山。

相传观音在点苍山下降服了洱海里的妖魔罗刹，想为当地百姓找个好风水，便听说世居巍宝山的细奴逻为人厚道，便化作一梵僧，先后三次向细奴逻的家人求斋食，第三次向蒙舍了一天的细奴逻求斋，细奴逻及家人都毫不犹豫地把饭送给

5

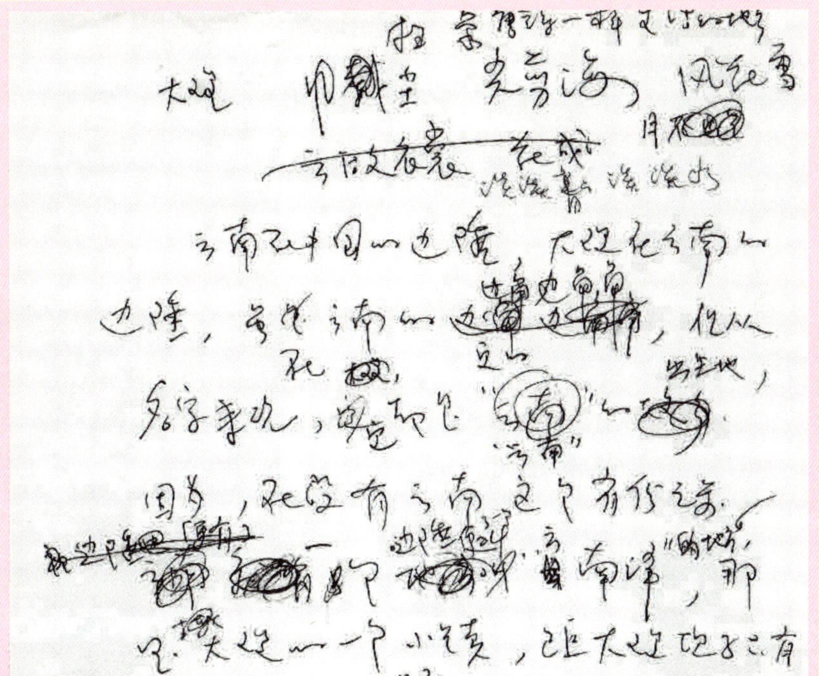
大理　苍山洱海　风花雪月
云南是中国的边陲，大理在云南的
边陲，
名字来历，
因为，那没有云南这个省份之说
那里是大理的一个小镇，距大理北方有
几十公里，早在汉武帝时，就有
设县名，元代
的名字

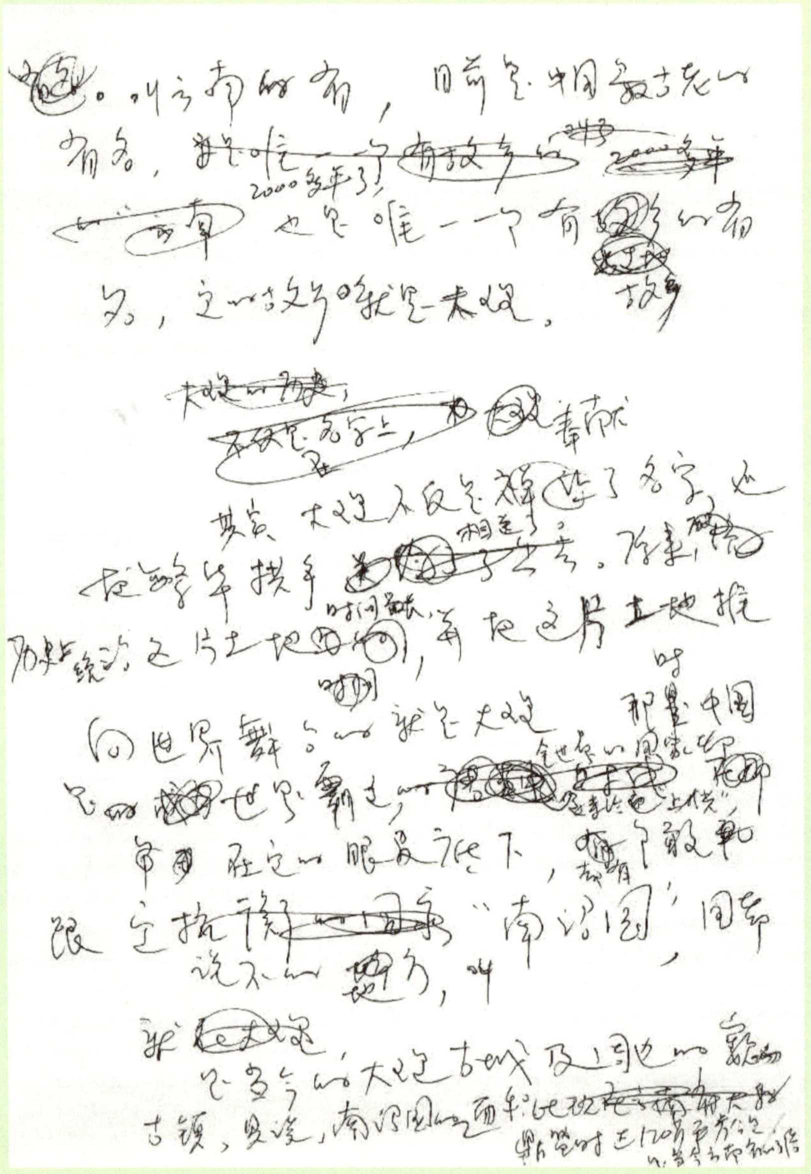
…。叫这名字的有，目前是中国最古老的名字，2000多年了！也是唯一一个有故乡的名字，它的故乡就是大理。

其实，大理不只是赐予了名字，还在跟这名字相连了2000多年。除了[illegible]，历史上统治这片土地时间最长，并把这片土地推向世界舞台的就是大理。那时中国[illegible]世界霸主，[illegible]在它的脚底下，[illegible]敢和它抗衡的"南诏国"，同时说不上的[illegible]，叫

就是它当年的大理古城及周边的古镇，是当年南诏国的面积比现在[illegible]

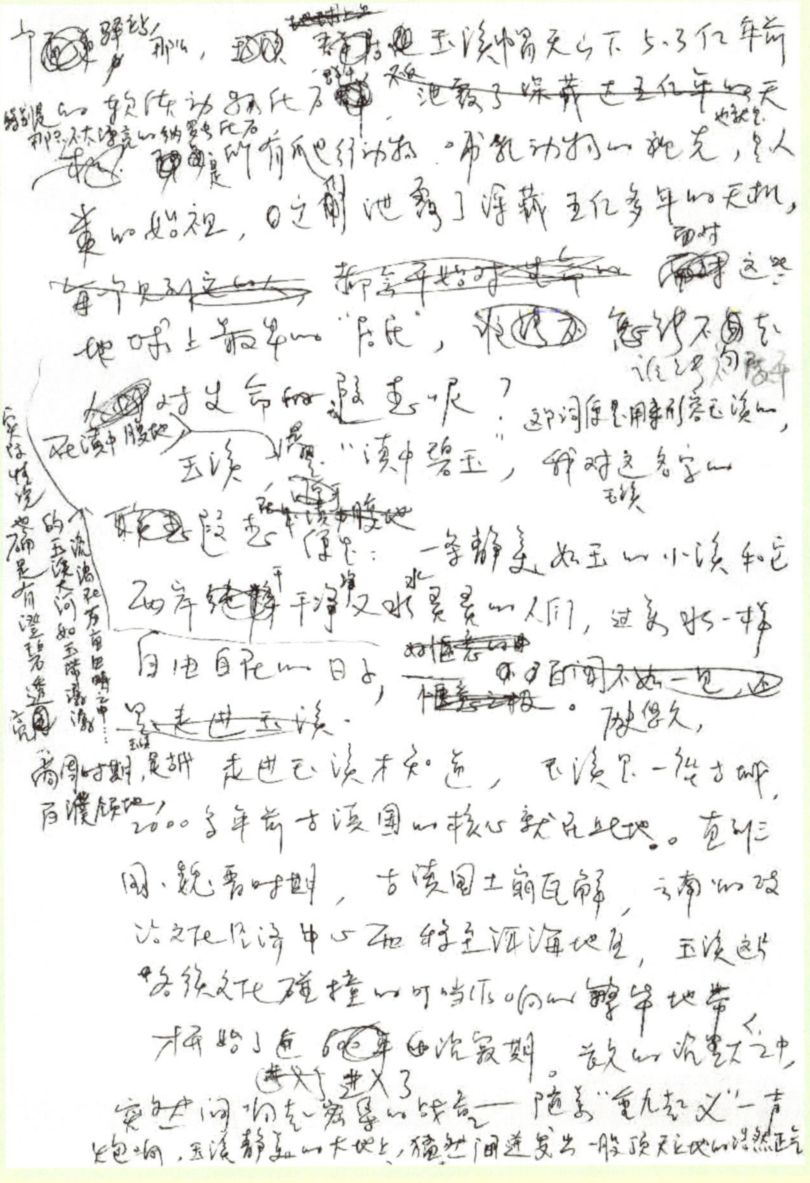
那么，玉溪悄然向天下公布5.3亿年前的一段流动的化石，
是所有爬行动物、哺乳动物的祖先，是人类的始祖，它泄露了深藏五亿多年的天机，
同时这些地球上最早的"居民"，怎能不自豪
对生命的起源呢？这个词原意用来形容玉溪的，
玉溪是"滇中碧玉"，我对这名字的理解是：一条静美如玉的小溪和它两岸干净又水灵灵的人们，过着水一样自由自在的日子，[illegible]百闻不如一见。除此以外，
走出玉溪才知道，玉溪是一个古都，2000多年前古滇国的核心就在此地。直到三国、魏晋时期，古滇国土崩瓦解，云南的政治文化经济中心西移至洱海地区，玉溪这片各种文化碰撞的叮当作响的繁华地带才开始了近[illegible]年的沉寂期。在久久的沉默之中，
突然一声闷闷惊醒的钟声——随着"重九起义"一声炮响，玉溪静美的大地上，猛然间迸发出一股惊天动地的浩然正气

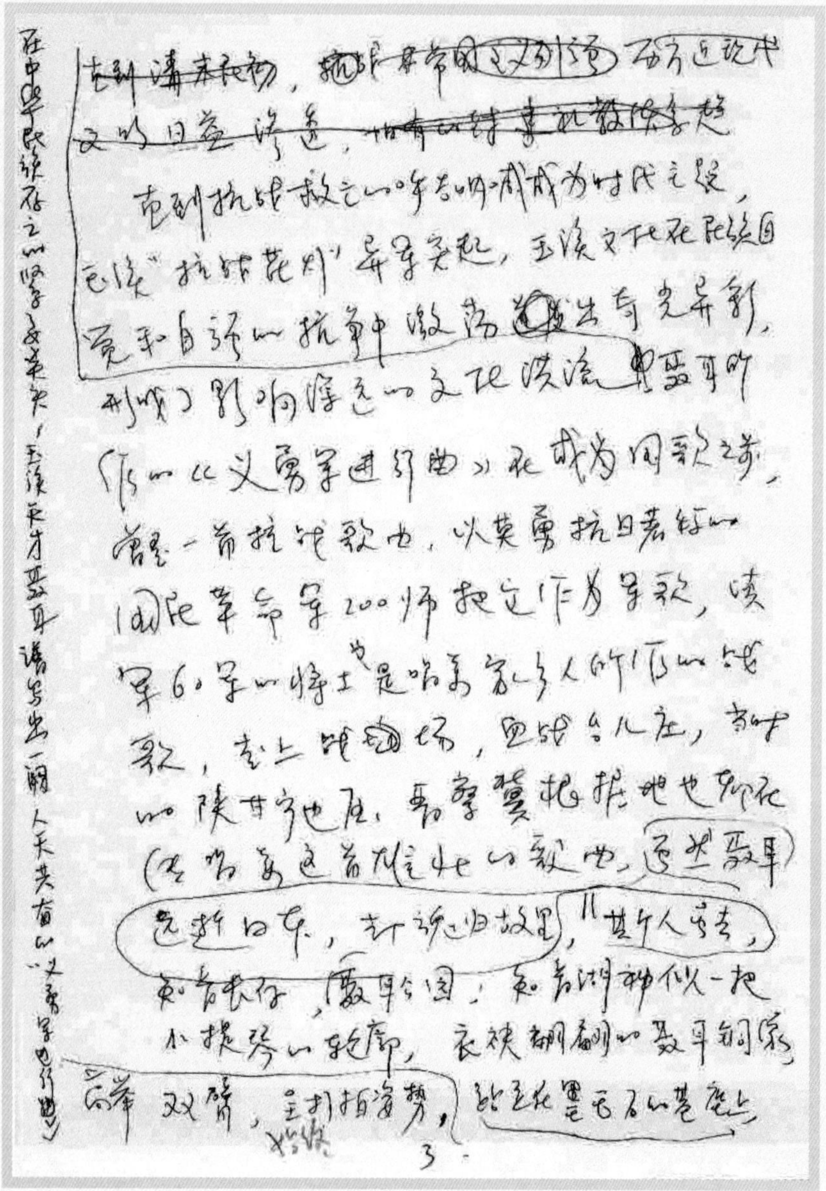
到清末民初，抗……主义到了近现代
文明日益发达，……
直到抗战救亡的年代呐喊成为时代之强音，
"抗战歌曲"异军突起，在该文化在民族自
觉和自强的抗争中激荡着奇光异彩，
形成了影响深远的文化浪潮。聂耳所
作的《义勇军进行曲》在成为国歌之前，
就是一首抗战歌曲，以英勇抗日著称的
国民革命军200师把它作为军歌，该
军60军的将士也是唱着这首人所作的战
歌，走上战场，血战台儿庄，当时
的陕甘宁边区，每当黄……也都在
唱着这首雄壮的歌曲。这些聂耳
走进昆明，在聂耳故里，其个人事迹，
和着长存，聂耳公园，和着神似一把
小提琴的轮廓，衣袂翻翻的聂耳铜像，
高举双臂，呈打拍子姿势，站立在黑色石的基座上
在中华民族存亡的紧要关头，天涯天才聂耳谱写出一曲人天共奋的《义勇军进行曲》
3